창작 수업

창작 수업

찰스 부코스키

황소연 옮김

CREATIV WRITING CLASS
Charles Bukowski

차례 ───────

1부

황금 검처럼 들이치는 햇빛에
승산은 높아진다

연예 산업

그쪽은 나도 역부족
당신도 역부족
우리에겐
어림없는 일

그러니 그쪽으론 기웃대지 말아요
아예 꿈도 꾸지
말아요

그저 아침마다
잠자리에서 일어나

스스로
씻고
면도하고
옷 입고
밖으로 나가
뛰어들 뿐

그 외에
남은 거라곤
자살과

광란
뿐이오

그러니
지나친 기대는
금물

기대는 싹
접으시라

그러니
해야 할 일은
최소한의
기본적
행위

가령 집 밖에
나갔을 때
차가 그 자리에
있으면
기뻐하기

그대로 있는 데다
타이어도 펑크가 나지
않은 걸
기뻐하기

그렇다면 차에
올라타
시동이
걸리면
출발

이제부터
일생일대의
개똥 같은
영화가
상영되고
당신은
그 영화의
출연자

저예산
게다가

평론가만
400만 명

상영 시간은
끝을
모르는
무한대 같은

그런
하루.

암흑과 얼음

공동묘지 잔디밭에 납작 드러누운 묘비들을 보며
웨스턴 애비뉴를 지날 때면 거기 초롱꽃,[1] 그 침묵의 하프에
소름이 돋는다. 우리의 무난한 근대성은 목적론으로
우리의 분노를 자극하지 않으면서
신용카드 수수료는 22퍼센트씩 물린다.

길을 잃지 않은 것 같아 흐뭇한 마음으로
그 거리를 따라 내려간다.
우리에겐 랜드마크가 필요하고(공동묘지 같은) 술과
부채(負債)도 필요하다.
우리는 필요 없다고 생각하는 것들을
너무 많이 요구한다.

그렇게 남쪽으로 차를 달리는데 이상하게
평면 지구 협회가 생각난다.
세상은 네모나고 **네모 중심부의 북극**이 모든 것을 가장자리
밖으로 흘러내리지 않게 붙잡고 있으며 끝은 암흑과
얼음의 장벽이라 아무도 혹은 아무것도 그것을 통과할 수
없다는 것을
모여 **토론하는** 단체.
우리는 둥근 지구를 돈다고 생각하지만 사실은
네모난 가장자리를 돌다 출발점으로 돌아오는

거라고.

신호를 기다리고 파란불이 켜지고 전진하며
생각한다. 그래, 어쩌면 우리가 둥글다고 믿는 행성들은
환영일지 몰라, 달도 태양도 실제로는 네모날 수 있어.

그래, 누구도 무엇을 규정할 수 없다.
나는 세상이 둥글다는 쪽이지만 얼마 전까지는
다 같이 세상이 네모라고 믿었다는 것을 잊지 않고 있다.

신호에 또 걸려 멈추고 기다린다.
그동안 네모 중심부에 위치한 북극은
나를 암흑과 얼음의 끝 너머로 떨어지지 않게
붙잡아 준다.

신호가 바뀌고 직진, 좌회전, 몇 구역 직진, 우회전
한 구역 직진, 좌회전, 한 구역 직진, 우회전, 다시
좌회전해 내 집 진입로로 들어가 천천히 차고 쪽으로
올라간다.
감귤 나무를 지난다. 감귤은 동그라미
차고 문은 네모. 나는 아직 그 초롱꽃, 그 침묵의 하프가
두렵다.

시동을 끄고
차 밖으로 나가
똑바로 선다.
아직 살아 있다.

진입로를 따라 걷는다.
휴, 다시 살맛이 난다. 풍문에는
북극에 끝없는 분화구들이 있고 거기 땅속 깊은 곳에
외계 생명체가 살고 있다 한다.
거기 아래
신비하고 아름답고 평화로운 왕국에. 나는 문을 향해
움직이며 문을 열 각오를 한다. 문 저편에 무엇이
도사리고 있을지 모르는 일이니. 이 기막힌 두려움은
사라지는 법이 없다.
장담할 수는 없지만 대개 그렇다. 북극이 나를
둥글든 평평하든 가장자리 너머로 떨어지지 않게
붙잡아 주기에
나는 나무 벽을 밀어 열고 들어간다. 마음을 완전히
놓을 수는 없지만.

---

1 초롱꽃과의 여러해살이풀. 꽃자루에 종 모양의 꽃들이 줄줄이 매달려
끝이 고부라진 모습은 하프와 유사하다.

대질주

아무렴
언젠가 꼭 보여 줄 테다
플라스틱 헬멧에 긴 양말
이중 렌즈 고글 차림의 나를.
도로용 자전거를 타고
산책로를 달리는 나를.
낯빛은 멜론처럼
상기되고
배낭 안에는
가장 아끼는 책 한 권
간 소시지 샌드위치
빨갛디빨간
사과가
들어 있겠지.

한쪽으로는
바다가
부서질 테고
나는 맹렬히
질주한다.
충실한 삶을 산,
감성을 조금씩

뛰어넘어
살아온 남자.
귓가를 덮은
무성한 머리카락
면도를 게을리한
얼굴.
그때 내 입술은
처녀에게
키스할 수
없겠지.
짠 공기를 들이켤 때
몇 시인지
헷갈리겠지만
거기가
어딘지는
또렷이
알 거야.

아무렴, 나는 듯
달릴 테다
관에 누울
각오로.

태양이
노란 장갑처럼
나를 움켜쥘 때
나는
청년들이 탄
컨버터블을
지나가지.

"어이쿠야." 하는
소리가 들려. "방금
그거
뭐였어?"

뭐였어?
뭐였어?

어허, 요 쪼그만
방귀쟁이 뿡뿡이들!
요 똥글똥글한
토깽이
응가들!

나는 높이높이
도약해
언덕 위
안개구름을
향해
날아오르지.
내 다리는
펌프질을
하고
바다는
부서져.

작은 카페

손님이 스툴에 앉아 신문을 펴면 웨이트리스는
자바 커피를 내온다. 손님이 베이컨을 주문한다.
거기 있는 사람들은 죄다 늙고 고부라진 가난뱅이.
우주 최강의 가난뱅이들이 아침을
먹고 있다.
카페 안쪽은 장갑 안처럼 컴컴하다.
단골 몇몇이 이야기를 나눈다.
끊어지고 갈라지는 목소리로 간단하게
말한다.
하도 간단해
농담을 하나 싶지만
그저 음식 위로 느릿느릿 움직인다
웃지 않고…….
"카시미르가 죽었어, 초록색 신발을 신고 있었대……"
"그렇군."

거긴 묘한 곳이다, 슬픔도 없고 증오도 없고 머리 위
선풍기는 느릿느릿 돌아가고 날개 하나는 약간 휘었다.
날개가 망에 스치는 소리가 "으-틱, 으-틱, 으-틱."
나는데 아무도
알아채지 못한다.

내 음식이 나왔다. 따끈하고 정갈하다. 하지만 커피는
딴판이다.(최악) 발자국이 찍힌 흙탕물을
마시는 것 같다.

늙은 웨이트리스는 사랑스럽다. 빛바랜 분홍색 옷차림으로
잘 걷지 못하는데 눈치가
백단이다.

"정말 나 사랑해?" 그녀는 젊은 멕시칸 프라이쿡에게
묻는다. "왜?"

"사랑하지 않을 수 없으니까." 그는 뒤집개로 해시 브라운[1]
여러 개를 척척 뒤집으며
대답한다.

나는 먹고 신문을 정독한다. 대충 드는 생각은
당장은 세상이 끝장날 것 같지 않지만 불경기가
빛바랜 테니스화를 신고 스멀스멀
기어오고
있다는 것.

어떤 영감이 문간에 서 있다. 모든 면에서 큼직큼직해

안으로 빛이 들어올 틈을 주지
않는다.

"이봐, 누구 베른 본 사람 있나?"

아무도 대꾸하지 않고 영감은
가만 기다리다 족히 1분하고도 30초 후
뿍 하고 방귀를 뀐다.
내가 들었으니 다들 들었다. 응
봤어.
영감은 손을 올려 왼쪽 귀를 긁적거리다
문간에서 물러나
가 버린다.

"양아치 새끼." 누군가 지껄인다. "어린 로라의 지참금을
꿀꺽했다는군."

나는 마지막 토스트를 삼키고는 입가를 닦고
팁을 남긴 뒤 값을 치르려
일어난다.

금전 등록기는 구닥다리, 버튼을 탁

치면 서랍이 툭
튀어나오는.

나는 식사하려고 앉은 마지막 사람이자 밖으로 나가는
첫 번째 사람이다. 나머지는 그대로 앉아
음식을 깨작깨작 커피를
홀짝거린다.

나는 차에 도착해 시동을 걸고 생각한다.
멋진 곳이군, 사랑은 사고처럼
온다더니, 또 가야겠어
한 번이나
두 번쯤.

나는 차를 빼서 한 바퀴 돈 다음
현실 세상으로
복귀한다.

---

1 감자를 다진 뒤 식용유에 튀겨 낸 요리.

수건

아침에 경마장에 가려는데
마누라가 묻는다.
"자기야, 수건 꽉
짰어?"

"응."

"자기는 꽉 안 짜더라." 그녀는 말한다.
"수건 꽉 짜는 거
중요하단
말이야."

나는 내 차에 올라타
시동을 걸고는
진입로로 나간다.

물론 마누라 말이 옳다, 중요하고
말고.
그런데 말이지
나는 수건을 가지고 이러쿵저러쿵
입씨름하고 싶지
않다.

마누라가 손을 흔든다.
나는 손을 흔들어 주고는
왼쪽으로 꺾어
언덕을 내려간다.

햇살이 좋은
화창한 날인데
역사의
지평선
저편에는
엄청난 문제들이
도사리고 있다
백미러에는 카르타고가
있고
나는 시간 속으로
섞여 들어간다.

IBM 앞에 앉아서

오늘도 고요하고 후끈한 여름밤
작은 벌레들이 와인 잔과 와인 병을
맴돈다.

라디오의 브람스 교향곡이 끝나고
나는 또다시 내 죽음을
생각한다.

오늘은 경마가 없었지만(여긴
그랬다) 지구 여기저기 곳곳에서
총질, 살인, 폭격이
빈발했다.
이런 종류의 경쟁은 늘
가까이 있기
마련이다.

세월은 느릿느릿
세월은 번개처럼
그렇게 흘러간다.

노장 헨리 밀러[1]가
살아 있었던 게

얼마 전 일 같다.
전등갓의 먼지를 떨고 모델을 서 주고 맛난 밥상을
차려 줄 여자들을 계속 갈아 치우는 것
같더니만.
그 양반 여자들에게 인기 참 좋았지, 열 여자 마다하지
않았어.

어쨌거나 우리 집 고양이 다섯 놈은 더위라면 질색이라
밖의 시원한 노간주나무 그늘에 앉아
내 타자 소리를
듣고 있다.
가끔은 내게 선물도 가져온다.
새나 쥐.
그런데 우리 사이에는 작은 오해가
있다.
놈들은 좀 떨어져서
나를 바라보는데
그 눈빛이 이렇게 말한다. 저 인간 제정신이 아니야
이게 세상 이치라는 걸 모르는
모양이야.

다시 맞은 후끈한 여름밤

나는 여기 앉아 또
작가 놀이를 한다.
물론
최악은
우리 중 누구에게도
말은 진정한 돌파구가 되지 않는다는
사실이다.

나는 밤에
타자기에서 종이를 빼 내
담배 라이터 위로 들어 올려
불을 붙이고
그걸 지켜보곤
한다.

"행크, 또 뭐 태우는 거야?"
마누라가 묻는다.

라디오에서 다른 곡이
흐른다.
그의 음색으로는 이만하면
용하다.

그가 자랑스럽기도 하고
딱하기도 하다.

낡은 먼지투성이
스피커로
그가 내게
말을 건다.

그가 저 안에 숨어 있는 것 같다.
그에게 위로의 말을 건네고 싶다.
"거참 안됐구려, 딱한 양반
하지만 창작이란 게
한계가 있는 법이오."

또다시 맞은 후끈한 여름밤
이 기계 안의 또 다른 종이
더 많은 벌레, 더 널린 꽁초
이곳, 이 순간, 만세 만세
지긋지긋한 세월 속에 길을 잃었네.
라디오 스피커가 부르르 진동하며
작곡자가 내게 고함을 친다.
저 개새끼, 쓸 만하군

한계는 있어도 용맹해.
고양이들은 노간주나무 아래서
기다리고 나는 와인을 더 따른다, 더 많이
더 많이.

---

1 노골적인 성애 묘사로 논란을 일으킨 「북회귀선」(1934)의 작가 헨리
밀러는 말년에 태평양 연안 빅서라는 작은 마을에 정착하여 수채화를 그리며
평화롭게 말년을 보내다 1980년 여든여덟 살에 별세했다. 부코스키가 이
시집을 발간한 것은 사망하기 2년 전인 1992년이다.

내 친구 부처님

책상 위에 자리한 부처님을 닦아야겠다.
온몸이 특히 가슴과 배가
먼지와 때투성이다.
아, 함께 지샌 숱한 밤들. 우린
크고 작은 파고를 함께 견뎠고
꼴불견인 시절에는 너털웃음을
터뜨렸다. 이만하면 이 양반
촉촉한 물수건 서비스쯤
받을 자격이
있다.
있고말고.
진저리 나는 밤도 있었지만
부처님은 선량하고 조용한 동행이었다.
내게 눈길을 주지는 않지만
마냥 껄껄 웃을 것만 같다.
지금은
대책없이 망가진 이 개똥 같은 세상을 향해
껄껄 웃고 있다.

"왜 날 닦나?" 그가 묻는다. "어차피 또 더러워질
텐데."
"정신이 말똥한 척하려고." 나는 대답한다.

"와인을 좀 더 마시게." 그가 대구한다. "자네가 잘하는 걸
하라고."
"그러는 자네는." 내가 묻는다. "무얼
잘하나?"
그는 대답한다."자네를 바라보는 걸
잘하지."

그러고는 입을 다문다.
그는 수술이 달린 염주를
쥐고 있다.

이 양반, 어떻게 여기
들어왔을까?

인터뷰

사람들이
인터뷰하자고 찾아오면
딱히 할 말이 없을 때가
있다.

그럴 때는
좀 쑥스럽지만
그들과
술판을
벌이는 게
상책이다.

가끔은 카메라맨도 있고
정신이 똑바로 박힌 사람도
있어서
술병들이 즐비한
파티가
벌어지기도
한다.

내 생각엔 그들도
문학 어쩌고 하는 헛소리에는

관심이 없다.

이게 나름
잘 먹히는지
나중에 편지가
온다.

"정말 즐거운
시간이었습니다……"

혹은 "그렇게 즐거운 시간은
난생처음이었어요."

그날 밤에 대해 기억나는 건
문간에서 잘 가라 인사하며
한 말뿐이라
참 이상한 일이 아닐 수
없다.
"물건 놔두고 가지
마요.
다시 오지
않게."

섬찟한 시간

바 끄트머리 쪽 여자가 자꾸 나를 쳐다본다.
나는 고개를 떨구고 외면하고 담뱃불을 붙이고
다시 흘끔거리고, 여자는 계속 나를 빤히 쳐다본다.
세련된 옷차림에, 뭐, 자칭 미녀라 해도
무방할 여자.
여자의 눈과 내 눈이 얽히고
나는 우쭐하고 초조해진다.
그녀가 일어나 여자 화장실에 간다.
엉덩이 한번 끝내주네!
끝내주게 우아해!
한 마리 사슴이야!

나는 바 거울 속 내 얼굴을 흘끔 보고는
고개를 돌린다.

여자가 돌아왔고 바텐더가 다가온다. "저쪽 끝
여자 분이 한 잔 사겠답니다."

나는 그녀에게 고갯짓으로 고마움을 전하고
술잔을 들고 미소를 짓고 한 모금 마신다.

여자가 또 쳐다보고 있다. 참 묘하고 유쾌한

경험이다.

나는 기대감에 젖어 내 손등을 뜯어본다. 그리
엉망은 아니다, 적어도 손은.

문득 이런 생각이 든다.
저 여자 나를 다른 사람으로
착각한 거 아닐까.

나는 스툴에서 일어나 천천히 출구로
밤거리로 나간다.
시가지를 따라 반 구역쯤 걸었을 때
담배 생각이 간절해 외투 주머니에서
담뱃갑을 꺼내 담배 이름을 흥미롭게
쳐다본다(이건 내가 산 게
아니야 절대) 사망이라고
쓰여 있다.

나는 욕을 하고 담뱃갑을 길거리에 팽개치고
다음 술집을 향해 전진한다. 이제야 감이 온다.
그 여자
매춘부였다.

외계인들

믿기지 않겠지만
갈등이나
고통 없이
평탄하게
살아가는 사람들이
정말 있다.
그들은 잘 차려입고
잘 먹고 잘 잔다.
그리고
가정 생활에
만족한다.
슬픔에 잠길 때도
있지만
대체로
마음이 평안하고
가끔은 끝내주게
행복하기까지 하다.
죽을 때도 마찬가지라
대개 자다가 죽는 것으로
수월하게 세상을
마감한다.

믿기지
않겠지만
그런 사람들이 정말
존재한다.

나는 그런 부류는
아니다.
천만에, 아니고
말고.
나는 그런 부류와
거리가 멀어도
한참
멀지만
그들은 엄연히
존재한다.

나는 여기
존재하고.

충격요법

텔레비전 중계가
끝난 뒤에도
경기는 계속됐다.
초록색 트렁크의
선수와
파란색 트렁크의 선수
입을 꾹 다물고
자리를 지키는
고작 쉰에서 일흔다섯 명가량의
관중
주먹이 꽂히며
아작 나는 소리가
들리는
와중에
땀, 침
피
고통에 찬
헐떡임이
난무하고
술잔은 더 이상
돌지 않고
붉은 모조리

켜져 있고
텅 빈
수천 석의
좌석
라운드가 끝났음을
알리는
공 소리
몸을 관통하는
땡 소리가
울리면
선수들은
자리로 돌아가
의자에
앉고
맥 빠진
트레이너가
그들을 약솜으로
닦아 주었다.
우리는 모두
지옥에 있었다.
너도
나도

일어나
그 시대를
떠나왔다.

막간

방해해선 안 되는 줄 알지만.
하고 그가 말했다.

그건 맞소만.
나는 대답했다.

그가 말했다.
선생님의 최근작을 밤새워
읽었다는 말을 꼭
하고 싶어서요.
선생님 작품은 모두
읽었습니다.
저는 우체국에서
일합니다.

오호, 하고 나는 말했다.

선생님의 인터뷰를 우리 신문에
싣고 싶습니다.

아뇨, 인터뷰는 안 해요.
내가 말했다.

왜요? 그가 물었다.

인터뷰는 질렸어요, 아무짝에도
쓸데가
없어요.

저기, 아주 간단히
할게요, 제가 선생님 집으로
가거나 뭐소에서 저녁을
대접하겠습니다.
아뇨, 사양하겠소.

저기, 우리 신문 때문에 인터뷰하려는 게
아니라, 제가 하고 싶어서 그래요.
저도 작가인데 우체국을
그만두고
싶거든요.

이봐요, 그냥 의자를 가져다
타자기 앞에
앉기나 해요.

인터뷰 안 해요? 그가 물었다.

안 해요.

그는
가 버렸다.

다음 레이스를 위해
그들이 트랙으로 나오고 있었다.

청년과 나눈 대화가
씁쓸한 뒷맛을
남겼다.

사람들은 글쓰기가
정치 행위와
상관 있다고
생각한다.

그들은
의자에 앉아

타자기를 두드려
말을 쏟아 낼 수밖에
없을 정도로
머릿속이 미쳐 돌아가지
않을 뿐이다.

글을 쓰고 싶지
않은 것이다.

글로 성공하고 싶지
않은 것이다.

나는 베팅을 하려고
일어섰다.

사소한 대화로
하루를 망쳐 봐야
아무 소용
없다.

철벅철벅

아둔하다
미치고 팔짝 뛰게.
어떤 자들은 너무 아둔해
아둔함 속을 철벅철벅
뒹구는 소리가
눈알을 굴려 머리 밖을
내다보는
소리가
들린다.
갖출 건
대부분 다
갖춘
자들인데
손, 발, 귀, 다리,
팔꿈치, 창자, 손톱,
코는
있는데
알맹이가
없다.
그런데도
말은 할 수
있어서

문장은 만들어 내지만
입에서
나오는 건
케케묵은
관념들, 비틀릴 대로
비틀린 믿음들.
그들은
스스로
꾸역꾸역
섭취한
뻔한
무지의
총집합소.
나는 그들을
쳐다보고
그들의 말을
듣는 것이
괴로워
도망쳐
숨고 싶다
그들의
허무 전염병을

피하고 싶다.

이보다 더 아찔한
공포 영화가
또 있을까
미해결
살인 사건이
또 있을까.

하지만
세상은
굴러가고
그들도
굴러간다

아둔하게
내 복부를
들이박아
산산조각 내면서.

어스름

잠 못 드는 밤이
왜 없겠나
침대에 고양이가 서너 마리 있어도
소용없는 밤.
아내는 녀석들을 아래층에서
데려오길 좋아하지만
고양이도
만능은 아니야
아무것도 소용없을 때는.
가령
경마 베팅 전략을 다시 짤 때
차가운 달이 떴을 때
등이 간지러울 때
베니션 블라인드 밖에
도사린
죽음을 생각할 때
그렇지.
아내의 좋은 점을
생각하곤 해. 이불 속
아내는 참 작아 보여. 작은
덩어리 같아. 딱 그래.
(죽음이여, 제발 나를 먼저

데려가시오, 이 여자는 나 없는
상쾌한 평화의
공간이 필요하오.)

마침 항구에서 기적 소리가
들려온다.
머리를 일으켜 두툼한 목을
쭉 빼
시계를 쳐다보니
새벽 3시 36분.
매번 이런다, 자꾸 시계를
본다.
3시 45분까지 깜빡 잠이 든다
고양이들처럼
아내처럼.
베니션 블라인드가 우리 모두를
감싸 준다.

지팡이와 바구니를 든 셀린

오늘 밤 나는 하찮은 존재
벽들이 아득히 멀어졌구나.
너무 많은 머리, 손, 발을 보았고
너무 많은 목소리를 들었다.
지겹도록 계속되는 그것들
음악은 옛날 음악
활력을 잃은 공기.

벽에 걸린 셀린의
사진 하나.
그 양반
지팡이 하나, 바구니 하나 들고
너무 무거운 외투 차림
긴 머리카락은 얼굴을 뒤덮었군.
삶에 의해 내쳐져 망연자실해
달려든 개들에게 물어뜯겼지.
이건 너무한 거야.
해도 너무한 거야.

그는 작은 숲을 걸어간다.
그 의사 양반
그 타자기

그가 바란 것은 죽는 것
그것뿐이었다.
그리고 그의 사진은 이 벽에 걸렸다.
그는 죽었다.

1988
올해는
내게
듣지도 보지도
못한
고난의
연속이다.

담뱃불을 붙이고
기다린다.

더도 말고 덜도 말고

내게 무얼 원하는 거요?
편집자? 평론가? 꼰대? 재담꾼?
내 청춘은 흘러
사라졌고
내 중년도 가고
없소.

나는 늘 기대한 것만
기대한다오.
험난한 여정에
신들의 도움
약간이면
족하오.

사방의 벽이 옥죄어 들면
말은
줄어들기보다
더 많아질
터.

하루하루는 여전히
망치

꽃.

편집자, 평론가, 꼰대, 재담꾼의
무덤에는 거울이
없다오.

그래서 나는 여전히
이 기계
이 종이
기타
등등이라오.

길 잃은 자, 간절한 자

어릴 적 컴컴한 극장 안에 있으면 참 좋았다.
거기서는 꿈속으로 쉽사리 직행할 수
있었다.
나는 프랑스 외인부대 영화를
제일 좋아했는데 그땐 그런 영화가
참 흔했다.

나는 영화 속 요새와 모래밭
길을 잃고 분투하는 남자들이 좋았다.
그 남자들은 용맹하고
눈이 아름다웠다.

내가 사는 동네에선
그런 남자들을 본 적이 없었다.
동네 남자들은 구부정하고
비참하고 버럭하고
비겁했다.

나는 프랑스 외인부대에 입대하기로 했다.

컴컴한 극장 안에 앉아 있으면 나도 그들의
일원이었다.

우리는 며칠씩 쫄쫄 굶으며
물 약간으로 전투를
치렀다.

사상자들은 끔찍했다.

요새는 포위되고 우리는 몇 명으로
줄어들었다.
아랍인들이 우리를 많이 죽였다는 걸
모르게
우리는 죽은 전우를 앉히고 그들의
소총이 사막을 겨누게
해 두었다.
그러지 않으면 우리의 사기가 꺾였을
것이다.

우리는 죽은 남자들 사이를 오가며
그들의 소총을 발사했다.
병장은 서너 번
부상을 당했지만
목청껏

명령을 내렸다.

더 많은 전우들이 용감하게 죽어 갔고
결국 우리는 두 명으로 줄었지만
(한 명은 병장이었다) 우리는
계속 싸웠고 그러다 탄약이
떨어졌다. 아랍인들은 사다리를 대고
벽을 올라왔고 우리는 소총 개머리판으로
그들을 내리쳐 떨구었지만 그들은 점점 더
많이 벽을 올랐다. 많아도 너무
많았다.
우린 끝났구나. 다 틀렸어.
그때
나팔 소리가 났다!
지원군이 온 것이다!
우레 같은 말에 올라탄
팔팔한 아군들!
아군들이 일제히 모래밭을 돌진했고
밝고 강렬한 색 군복의
아군 수백 명에
아랍인들은 벽 아래로 흩어져
말을 찾아, 살길을 찾아

내뺐지만
대부분은
골로 갔다.

병장은 우리가 이겼다는 걸 알고
내 품에서 죽어 가며 말했다.
"치나스키, 요새는
우리 것이야!"
그는 옅은 미소를 머금고 고개를 떨구고는
세상을 떴다.

어느새 나는
내 방에 돌아와 있었다.
구부정하고 비참하고 버럭하는 남자가
내 방에 들어와 말했다.
"밖에 나가 잔디 좀 깎아라.
잔디가 머리카락처럼 자랐잖아!"

나는 마당에 나가
똑같은 잔디 위로 기계를 밀었다.
한 번 더
앞뒤로

앞뒤로.
그러면서 생각했다, 왜
눈이 아름다운 용맹한 남자들은 죄다
멀리멀리 떠나 있을까
내가 도착할 때쯤 아직 거기 있을까.

악당

아무리 생각해도 내 아버지는
제정신이
아니었다.
운전할 때
경적을 울려 대고
사람들한테 욕을 해 대지를
않나,
공공장소에서
정말 아무것도
아닌 일로
격렬한 말다툼을
벌이질 않나
날이면 날마다
하나뿐인 아들을
조금만 눈에 거슬려도
두들겨 패지를
않나.

물론 악당들도
임자를 만날 때가
있다.

지금도 기억난다.
언젠가 집 안에 들어갔을 때
어머니가
내게 말했다.
"아버지가
심하게
싸웠어."

찾아보니
아버지는
변기에 앉아 있었고
화장실 문은
열려
있었다.

아버지의 얼굴은
멍들고 붓고
눈은 시꺼멓게 부풀어
엉망이었다.
한 팔은 부러져
깁스까지
하고서.

당시 열세 살이던 나는
우두커니 서서
아버지를 쳐다보며
뜸을
들였다.

아버지가 소리쳤다.
"뭘 쳐다보는
거야!
뭐 문제
있냐?"

나는 좀 더
아버지를 보다가
자리를
떴다.

그로부터
3년쯤
뒤에
나는 아버지에게

뜨거운 맛을
보여 주었다.
그때는
아무런 문제도
없었다.

불행 제조기

어떤 사람들은
뼈 빠지게
방아를 찧어
불행을
자기 존재의
궁극적
요인으로
제조한다.
결국
그렇게
자동으로
불행한
자아
의심 많고
뚱하고
버럭하며
방아를
찧는
자아는
만들어진다.

꾸준히

그리고
집중적으로
그리고
목표를 가지고
그리고
시종일관

그들이
안도하는 것은
오로지

또 다른
불행한
인간을
만날 때
혹은
동질의
인간을
만들어 낼 때
뿐이다.

가까이 있어 안 보이는 거라네

요즘
내가 아는 두 남자는
사랑에
빠진 듯한데
그들의 여자들은 그들을
퉁명스럽게
하찮게
취급한다.

이 남자들은
가혹한 운명의 손에
소비되고
도무지 곤경에서
벗어나질 못한다.

나도
그러한 길을
걸어왔다.
더하면 더했지
덜하지
않다.
나로 말할 것 같으면

치즈 같은 마녀들
능구렁이 잡년들
애송이 창녀들
으르렁대는
마나님들에게
붙잡혀
허우적거렸다.
드세기로는
우주 제일가는
왈짜 년들이
나를 찍은 것인데
그때는
그들이
현명하고
재치 있고
아름다운 줄
알았다.

운 좋게
시간과 거리를
두고 나서야
그 여자들이

바닥 중
바닥이라는
걸
깨닫게
되었다.

그래서
이 남자들이
슬픈 사연을
털어놓을 때면
나는
할 말이
없다.
내 눈에
그들의 여자들은
드센
할망구
애송이
잡년
치즈 같은
마님
능글능글한

매춘부로
보이기 때문이다.
사람 잡는
왈짜 년인 건
말할 것도
없다.

십중팔구
그럴
가능성이
농후하다.

진실은
엄연한
진실이지만
아주
가끔
어쩌다
한 번

이런 생각이
든다.

내 여자들에게
나는
어떤
남자였을까?

거렁뱅이들

그랜드스탠드[1] 쪽
거렁뱅이들은
데일리 더블[2]
이그젝터[3]
픽식스[4]
픽나인[5]에
베팅한다.

직업이
개떡 같거나
그나마 없는
자들.

패배자로 와서
패배 딱지를
하나 더
추가한다.

해진 신발
단추 떨어진
셔츠
바래고 주름진

옷
흐리멍텅한 눈의
그들은
무지렁이
그리고
천덕꾸러기.

그랜드스탠드 쪽
거렁뱅이들

레이스가
거듭될수록
어김없이
돈과 희망을
쪽쪽
빨리다 보면
어느새
마지막 레이스가
끝나 있다.

몇몇은
술집을

찾아
가

조금은 술에
조금은
복권에
기댄다.

그 외
나머지는
개털 신세.

야외석
거렁뱅이들.

미합중국은
성공할
것이다

경마는
성공할
것이다

살아 있는
시체들
덕분에.

그래
어쨌든
경마는
아름답다.

---

1 경마장에서 지붕에 덮여 있지 않은 일반 야외석.
2 일등을 연속으로 두 번 맞히는 베팅 방식.
3 일등과 이등을 정확히 맞히는 베팅 방식.
4 여섯 번 연속으로 일등 말을 맞히는 베팅 방식.
5 아홉 번 연속으로 일등 말을 맞히는 베팅 방식.

늙은 경마꾼

날이면 날마다
똑같은 바지 똑같은 외투
똑같은 신발의
그 남자.

셔츠 자락은 늘어지고
신발 끈은 풀렸고
하얀 머리카락은
부스스한 데다
대머리가 되어 가는 중.

그는 느릿느릿 걸어가
베팅을 하고는
느릿느릿 자리로
돌아온다.

덤덤히 모든 경기를
지켜본다.

오로지 불가능한 일에
매달린다.

지칠 대로 지친 그 남자.

늙은 경마꾼.

그에게는
하늘도 산도 음악도
아무것도
중요하지 않다.

그는 불가능의
포로다.

출전 시간

어떤 오랜 부자들은 여전히
산타 아니타[1] 터프 클럽[2]에 주차를 한다.
어떤 오랜 부자들은 여전히
캐딜락을 산다. 캐딜락을
잘 몰 줄도 모르면서.
주차 요원은 두 사람에게 차문을
열어 준다.
뚱뚱하고 땅딸하고 하얗고
파란 눈이 상냥한 남자와
홀쭉하고 당당하나 멍청하고
등이 구부정한 여자.
값비싼 옷으로 치장한
남녀가 터프 클럽 입구로
이동할 때
시작을 알리는 경적 소리가
그들을 영원히 삼키고
1번 말
어떤 인간보다 아름답고
어떤 세상보다 아름다운
말이 트랙으로
걸어 나온다.
경기

시작.

1 산타 아니타 파크. 캘리포니아 아카디아에 있는 순종마 경마장. 1934년
개장했다.
2 산타 아니타 경마장 부지 내의 화려한 고급 클럽.

때때로

아직도 가끔 생각한다
그만 포기할까
가스 파이프로, 19층 창문에서 휙
네 시간 만에 위스키 5분의 3을 훅
시속 135킬로미터로 콘크리트 벽에 확.

처음 자살을 생각한 건 열세 살 때
이후 삐끗하고 쓰러질 때마다
그놈은 늘 옆에 있었다.
가끔 슬쩍슬쩍 도발하고
살살 지분거리다가
때로는
정말 나를 죽이려
덤벼들었다.

그러던 그놈이 이제는
기가 많이 죽었다
영화를 보러 갈까 말까
새 신발을 살까 말까
하는 것처럼.
자살 충동은
세월과 함께

거의 사그라든다.
그러다
불쑥
놈은 돌아온다. 가령 이렇게.
어이, 이보게, 한 번만 더
해보자고.

돌아온 그놈은 상당히 강력하다.
하지만 마음이 동하지 않는다(예전만
못하다)
그런데 참 이상하게도
자살은 엉뚱한 곳에서 기다린다
뒤통수라든가
턱 밑이라든가
스웨터 소맷자락 같은
팔뚝에……
예전에는 배에 한 방 먹이더니
이제는 뾰루지와
비슷하다.

라디오를 틀어 놓고 운전할 때
놈이 나를 덮치면 나는 놈을 향해

씩 웃는다
옛날 생각이 나서.
그때는 미친 짓들이
용기에서 나온다고
생각했었다……

나는 몇 시간이고 운전을 한다.
이상한 동네의 이상한
거리를 오르내리고
가끔
아이들이 길가에서 노는 곳이면
조심히 속도를
늦춘다.

차를 세우고
카페에 들어가
커피를 마시고
신문을 읽는다.
허튼소리, 시시껄렁한
대화를
듣는다.

차로 돌아와 운전을
하다 보면
별안간
기분이 좋아진다.
모두 같은 세상을 살아가니까.
나는 가스 요금도 내야 하고 새 독서 안경도
장만해야 하고
왼쪽 뒷바퀴도
갈아야 하니까.
그동안 옆집 쓰레기통을 빌려 쓴 것
같다.

다시 평범해지는 것도 괜찮다.
집 진입로로 들어설 때
앞 유리창 너머
크고 하얀 저녁 달이
나를 보고 웃는다.

브레이크를 걸고 밖으로 나와 차 문을 닫는다.
슬픔과 기쁨과 균형의 세월이
함께 걸어 집 문까지 따라온다.
나는 열쇠를 넣어

문을 열고
집에 들어가는 것으로
도망칠 수 없는 것에서
또다시 도망을 친다.
한잔하려고
부엌 찬장으로
이동한다
축하를
해야
하니까.
어찌 되었든
어찌 되지 않았든
어찌 되든
어찌 되지 않든
간에……
지금 이 순간
만큼은.

풍선

오늘 놈들이 교차로에서
풍선 팔던 남자를
쏘았다.

놈들은 도로 턱에 차를
세우고
그를 오라고
불렀다.

그는 그들에게
다가갔고

놈들은 풍선 한 개 값을
놓고 그와
실랑이를 벌였다.
값을 깎아
달라고.

그는 그럴 수 없다고
말했다.

한 놈이 그에게 욕을 하기

시작했다.

다른 놈은 총을 꺼내
그를 쏘았다
머리에
두 발.

그는 그대로
길거리에
쓰러졌다.

놈들은 풍선을 취하고
"이제 파티할 수
있겠군." 하더니 차를 타고
가 버렸다.

거기 교차로에는
다른 남자들도 있다.
주로 오렌지를 파는
남자들이다.

그때 그들은 그 교차로를 떠났고

이튿날
나타나지 않았다
다음 날도
그다음날도.

아무도 나타나지 않았다.

모르는 사람

공항 도착 구역에
아내와 같이 서서
처제의 비행기가 도착하기를
기다리고 있을 때
한 청년이 다가와
말을 걸었다.
"헨리 치나스키 아닙니까?"
"네, 맞아요……"
"아, 그럴 줄 알았어!"
잠시 침묵이
흐른 뒤
그가 말했다. "이게 얼마나
내게 큰 의미가 있는지
상상조차 못 할 겁니다!
어떻게 이런 일이!
작가님 책은 모두 읽었습니다!"
"고맙습니다." 나는 말했다. "냐야 뭐
독자들에게
감사할 따름이죠."
그는 이름을 말했고
우리는 악수를 했다.
"여긴 내 아내입니다." 내가 말을 꺼냈을 때

"새러!" 하고 그가 말했다. "책에서 봐서
알아요!"
또다시 침묵.
불쑥
"작가님 책은 전부 바로크에 있는
레드네에서 사고 있습니다……
작가님을 만나다니 도무지 믿기지
않네요!"
"믿으세요." 내 아내가 웃었다. "만난 거
맞으니까!"
"그나저나." 그가 말했다. "이제 그만
작가님을 놔드려야겠네요!"
"레드에게 안부 전해 줘요."
청년은
가 버렸다.
"괜찮은 사람이군." 나는 말했다.
"보통은 짜증 나는
사람들인데."

"당신 말마따나 당신은
독자들에게 감사할 수밖에
없잖아."

"아무렴……"

그때 처제의 비행기가 들어와
우리는 다른 사람들과 같이
우리가 알고 우리를 아는
사람들을 맞이하러
이동했다.

그들과 우리

그들은 다 같이 앞쪽 베란다에 나와
이야기를 나눴다.
헤밍웨이, 포크너, T. S. 엘리엇[1]
에즈라 파운드, 함순, 윌리스 스티븐스[2]
e.e. 커밍스[3]를 비롯한 몇몇 사람들.

"애야." 어머니가 말했다. "저 사람들
입 좀 다물라고 할 수 없니?"

"안 돼요." 나는 말했다.

"순 헛소리만 지껄이는 인간들."
아버지가 말했다. "일을 안 하니
저 모양이지."

"저 사람들 일해요."
내가 말했다.

"헛짓거리나 하겠지."
아버지가 말했다.

"그렇긴 하죠."

나는 말했다.

그때 포크너가 비틀비틀
들어왔다.
그는 찬장에서 위스키를
찾아 밖으로
나갔다.

"한심한 인간."
어머니는 말하고 나서

일어나 베란다 밖을
내다보았다.

"여자도 하나 끼어 있네."
어머니가 말했다. "꼭 남자처럼
생겼어."

"거트루드⁴예요."
나는 말했다.

"근육 자랑하는 남자도

있구나." 어머니가 말했다. "세 명을 한꺼번에
때려 눕히겠다면서."

"어니⁵예요." 나는 말했다.

"그리고 여기는." 아버지가 나를 가리키며 말했다.
"**그들처럼** 되고 싶은 남자가 있지!"

"그런 거니?" 어머니가 물었다.

"그들처럼은 아니에요." 나는 말했다.
"일원이 되고 싶긴 하지만."

"일자리나 얻어라."
아버지가 말했다.

"조용히 하세요." 나는 말했다.

"뭐?"

"조용히 하라고요, 저 사람들 얘기
듣고 있으니까."

아버지는 아내를 쳐다보았다.
"앤 내 아들이
아니야!"

"그럴 수만 있다면 좋겠네." 나는 말했다.

포크너가 다시 비틀비틀 방 안으로
들어왔다.

"전화기 어디 있죠?"
그가 물었다.

"대체 그건 왜요?"
아버지가 물었다.

"방금 어니가 자기 머리를
쐈어요." 그가 말했다.

"봤지? 저런 자들이 어떤 꼴이
되는지?" 아버지가 소리쳤다.

나는 천천히
일어나
빌⁶이 전화기를
찾도록
도와주었다.

1 토머스 엘리엇. 1888-1965. 모더니스트 시인. 「황무지」(1922)로 국제적
명성을 얻었고 1948년에 노벨상을 수상했다.
2 월리스 스티븐스. 1879-1955. 미국의 시인이자 변호사. 풍부한 이미지와
난해한 은유가 특색인 『시집』으로 퓰리처상을 수상했다.
3 에드워드 에스틀린 커밍스. 1894-1962. 미국의 시인이자 수필가, 극작가.
독특한 형식과 쉬운 구어체, 사랑과 에로티시즘, 유머스럽고 세련된 시가
특징이다.
4 거트루드 스타인. 1874-1946. 소설가, 비평가, 미술 애호가. 20세기 초반
파리에서 여러 문인 및 예술가들과 교류하였다.
5 어니스트의 애칭. 헤밍웨이를 의미한다.
6 윌리엄의 애칭. 윌리엄 포크너를 의미한다.

운은 숙녀가 아니었다

팔팔한 젊음이 고개를 숙일 무렵
나는 궁지에 몰려 술집을 전전했다.
혹시나 싶어
여자들에게 들이댔다.
"어이, 아가씨, 저기요
미모가 여신 뺨치네요……"
그런 식이었다.

여자들은 돌아보지 않고
앞만 보았다. 앞만 똑바로.
지루해서.

"어이, 아가씨, 나 말이야
천재야, 하 하 하……"

바 거울 앞에 침묵이 흐르고
마성의 존재들, 신비의 세이렌들
원피스 밖으로 불거진 큰 다리
하이힐, 귀걸이, 딸기 같은 입술 모두
그냥 거기에, 거기에
거기에 앉아 있었다.

어느 여자는 내게 말했다. "당신 참
재미없군요."

"천만에요, 아가씨, 사실은
정반대예요……"

"아, 됐다니까 그러네."

그 후 번듯한 놈이 들어왔다.
말끔한 양복, 얍삽한 콧수염, 나비넥타이.
날씬하고 경쾌하고 세련된 데다
있는 대로 아는 척하는 놈이었고
여자들은 그의 이름을
연호했다. "어머, 머레이, 머레이!"
그런 식이었다.

"안녕, 아가씨들!"

그런 등신은 얼마든지 때려눕힐 수
있었지만 그것으로 판이 뒤집힐 리
만무했다.
여자들은 머레이 주변에 몰려들었고

(그런 식이었다) 나는 술만 연신
주문하고
주크박스 음악을 나눠 듣고
바깥의 웃음소리에
귀 기울였다.

궁금했다.
내가 놓치고 있는 게 무얼까, 마법의
비밀, 저들끼리 알고 있는 게 무얼까.
학교 운동장 안의 바보로 돌아간 기분이었다.
거기서 벗어나지 못한 남자
누가 봐도 낙인이 찍힌 남자가
된 기분이었다.

그렇게
나는 외톨이였다.
문득 날아드는 침묵의 순간에
"나는 야누스의 잃어버린
얼굴이구나," 뇌까릴 만큼.
물론 이 마저도
무시를 당했다.

그들은 뒤편에 세워 둔
자동차로
왁자지껄 우르르
몰려 나가
완벽한 승리를 향해
차를 몰고
떠나 버렸다.

나는 술이나 계속
퍼마시게 내버려 두고
나를 거기 혼자
앉아 있게 두고.
그 후 옆에 있던
바텐더의 얼굴이
등장했다.

"마지막 주문 받아요!"

퉁퉁하고 무심한 그 얼굴
싼 티가 줄줄
흐르는
얼굴.

나는 술을 더 마시기 위해
보도 옆에 세워 둔
10년 된 차로 가서
차에 올라타고
셋방을 향해
조심조심
달렸다.
학교 운동장이 다시
기억났다.
쉬는 시간과
야구할 때 꼴찌로 뽑히던
일.
그들이나 나나
같은 태양이 비추건만
지금은 밤
세상 사람들이 대부분
함께하는 시간.
담배는 달랑거리고
엔진 소리가
들려왔다.

편집자

그는
부엌 귀퉁이 식탁에 앉아 원고를 읽은 후
짤막한 거절 편지를 쓰고
클립을 도로 끼우고 나서
원고를 갈색 마닐라 봉투에 넣었다.

벌써 한 시간 35분째 읽고 있지만
시는 한 편도 없었다.

그렇다면 다음 호를 위해 또 그 일을
해야 했다. 직접 시를 짓고 저자 이름을
지어내야 했다.

인재(人才)는 어디에 있는가?

지난 30년간
시인은 씨가 말라
저능아들의 집합소에나 있을 법한
읽을거리를 발행하고
있었다.

하지만 아직

마지막으로 아껴 둔
라보스키의 원고가 있었다.

라보스키는 한 번에 여덟 편에서 열 편씩
보내곤 했는데 그중 한두 편은 늘
훌륭했다.

그는 한숨을 쉬고 라보스키의 시를
꺼냈다.

천천히 읽었다. 마지막까지.

그는 일어나 냉장고로 가
맥주 캔을 꺼내
따고는
다시 앉았다.

시를 다시 읽어 보았다. 아무리
라보스키라지만 죄다 형편없었다.
실패작들.

편집자는 인쇄한 거절 편지를 한 장 꺼내

거기에 썼다. "이번 주는 일진이 좋지 않았나
보군요."
그러고는 시 원고를 마닐라 봉투에
도로 넣고 봉한 후 부칠 우편물 더미
꼭대기에 던졌다.

그러고는 맥주를 꺼내와 아내 옆
소파에 앉았다.

아내는 조니 카슨[1]을 보고 있었다.
그도 보았다.

카슨은 형편없었다.
카슨 본인도 알 테지만
달리 어쩌겠나.

편집자는 맥주 캔을 들고 일어서서
계단을 오르기
시작했다.

"어디 가?" 아내가
물었다.

"침대. 자러."

"하지만 너무 이르잖아."

"썩을, 나도 알아!"

"어머, 자기야, 그렇게 반응할 필요
없잖아!"

그는 침실로 들어가서 벽의 스위치를
켰다.
불이 반짝 켜지나 싶더니
머리 위 전등이 나가
버렸다.

그는 침대에 걸터앉아 어둠 속에서
맥주를 마저
비웠다.

---

1 배우이자 코미디언인 조니 카슨이 진행하는 심야 토크쇼.

피하고 잊기

오늘 경마장에서
혼자 아래를
내려다보는데
신발 한 쌍이
나를 향해
직진하는
것이
보였다.

나는
즉시 오른쪽으로
움직이기 시작했지만 그의 손에 붙잡히고
말았다.

"오늘은 돈 좀
따셨나?"

"그냥 뭐."
나는 대답하고는 자리를 떴다.

몇 해 전이었나 예전에도
여기

서 있을 때
이 나사 빠진
인간이
제멋대로 생각하며
마음껏 활개치는
곳에서
내게
무지렁이 보따리를
풀어
내 하루와 내 감정에
오줌을 깔기는 바람에
대가를 톡톡히
치러야
했다.

더는 싫다.

내가 알게
뭐람.

나는 그와
거리를 둔다.

경마장 스케치

변소에 가서
배변 활동 후
물을 내리려고
일어났는데
이런 망할
피처럼 검붉은 것이
변기 시트에
떨어졌다.
내 나이 일흔이고
나는 술을 마신다.
그간 생사의 문턱에
두 번 다녀왔다.
나는 떨어진 것 쪽으로
손을 뻗었다……
그것은
쪼그만
탄 감자 칩 조각이었다
점심 때 먹은.
아직은 때가 아니로구나……
빌어먹을, 내 셔츠에서 떨어진
거였다……

나는 볼일을 마치고
밖으로 나가 레이스를
보았다.
내 말은
2등으로
배당률이 25대 1인
말을
바짝
뒤쫓았다.

그러든지 말든지.

그때 내게 달려오는
남자가 보였다.
면도를 하는 법이 없고
안경이 금방이라도
떨어질 듯한
친구였는데
그는 나를 아는 것이 분명하지만
내가 그를 아는지는 분명하지
않았다.

"어이, 행크, 행크!"

우리는 길 잃은 사람처럼
악수를 했다.
"당신을 만나면 늘 반가워요."
그가 말했다. "힘이
나거든요. 당신이나
나나
근근이 살아가는
처지니까요."

"물론이지, 젊은이, 어찌
지내시나?"

그는 끗발이
좋다 하고는
서둘러
사라졌다.
머리 위 커다란
전광판이
번쩍거리며 다음 레이스의
첫 배당률을

표시했다.

나는 차례표를 확인하고는
클럽하우스를 나가
야외 관람석에서 운을
시험하기로
했다.
거기가 바로
근근이 살아가는 꾼들이
속한 곳
아니겠나
응?

아무렴.

전직 아이돌

텔레비전을 본 적 없어 모르지만
듣자니 그는
대하 드라마의
남자 주인공이었다고 했다.
이제는 가끔
영화에 나온다고.
나는 그를 경마장에서 매일 보고
있는데.("한때는 널린 게
여자였죠." 그가 내게 한 말이다)
사람들은 아직 그를 기억하고 그의 이름을
불렀다. 내 아내는 자주 내게 묻는다. "오늘
그 남자 봤어?"
"아, 봤지, 그 도박꾼 새끼."

경마장은
다른 건 모두
내려놓으러 가는 곳이다.

그는 아직도 연예인처럼 보인다
걸음새며 말씨며.
그래서 그를 만나면 늘
기분이 좋지 않다.

전광판이 번쩍거린다.

하늘이 뒤흔들린다.

산이 어서들 오라고 부른다.

불볕더위는

여전하다.
오늘 밤 사람들은
술이나 약에 취해 앉아 있거나
텔레비전 앞에
넋 놓고 앉아 있다.
에어컨은 소수의 차지.

이웃집 개와 고양이는 빈들빈들
더 좋은 날이 오기를 기다린다.

오늘 고속도로 1차선에 보닛을 올리고
정차한 차들, 죽 늘어서 있던 차들이
기억난다.

열기 속에 살인은 늘어 가고
가정 불화 역시 늘어 간다.

로스앤젤레스는 몇 주째
타오르는 중이다.

절박한 외톨이조차 전화하지
않는다.

그나마 이것이 이 환란의 유일한
장점이다.

오래전 세상을 뜬 남자가 작곡한
19세기 음악을 들을 때
야옹야옹 소리가 또랑또랑
침묵 속을
나아간다.

궁색했지만 비는 넉넉했지

요즘은 온실효과 때문인지
비가 예전만
못하다.

대공황 시절 내리던 비가
유독 기억난다.
돈은 씨가 말랐지만 비는
넉넉히 내렸다.

하룻밤 하룻낮 내리는
비가 아니라
일곱 밤 일곱 낮
비가 내렸다.
로스앤젤레스에는 그만한 빗물을
흘려보낼
빗물 배수관이 없는데도
비는 우직하게
비열하게
꾸준히 내렸다.
빗물이 지붕을 때리고
땅속으로 흐르는 소리가 **들렸다.**
지붕에서 폭포가

쏟아졌다.
우박도 자주 내렸다.
돌멩이만 한 얼음이
팡팡
터지며
사방을 때렸다.
그때 비는
쉽게 **멈추는** 법이
없었다.
지붕마다 비가 새서
설거지통
솥단지를
사방에 늘어놓았는데
요란하게 떨어지는 빗물에
통을 비우고 또 비우고
비워야
했다.

빗물은 보도를 넘고 잔디밭을 가로질러
계단 위로 차올라
집 안까지 들어왔다.
걸레와 욕실 수건이 동원됐다.

빗물이 변기 속을 차오르면
거품이 낀 갈색의
미친 물회오리가 일었다.
길거리에 늘어선 낡은 차들은
개인 날에도 여간해선
시동이 걸리지 않았다.
일감이 없는 남자들은 창가에 서서
창밖의 죽어 가는 낡은 기계들을
세상의 생물체인 양
바라보았다.

일거리가 없는 남자들
실패한 시대의 실패작들이
집 안에 갇혀 있었다.
아내와 자식들
반려동물을
데리고.
반려동물은 외출을 거부하며
엉뚱한 곳에 배설물을
남겼다.

일거리가 없는 남자들은

한때 아름다웠던 아내와
부대끼며 분노했다.
심한 말다툼이 벌어졌고
압류 통지서가
집 우편함에 떨어졌다.
비와 우박
콩 통조림, 버터 없는 빵
달걀 프라이, 삶은 달걀, 수란
땅콩버터
샌드위치
닭고기 없는
닭고기 요리.

비가 오면 아버지는
좋게 말해 한 번도 잘해 준 적 없는
아버지는
어머니를 때렸다.
나는 두 사람 사이로
다리, 무릎
비명 사이로
몸을 던졌다.
두 사람이 떨어질

때까지.

"죽여 버릴 거야." 나는 아버지에게
소리쳤다. "엄마 또 때리면
죽여 버릴 거야!"

"저 조무래기 새끼
내다 버려!"

"안 돼, 헨리, 엄마 옆에
붙어 있어!"

모든 집이 난리 통이었지만
우리 집은 평균 이상으로
공포에 젖어
있었다.

그러다 밤이면
여전히 내리는 빗속에서
우리는 애써 잠을 청했다.
캄캄한 어둠 속
침대에 누워

긁힌 창문 저편
빗속에서도
용감히
꿋꿋이 버티는
달을 바라보며
나는 노아와 방주를
생각했다.
그리고 달이 또 떴구나
생각했다.
우리 모두 그 생각을
했다.

어쩌다 한 번
비가 멈췄다.
항상 새벽 대여섯 시쯤
멈추는 듯했다.
평화롭기는 했지만
딱히 고요하지는 않았다.
끊임없이
뚝뚝
    뚝뚝
        뚝뚝 떨어졌으니까.

그때는 스모그도 없었다.
아침 8시면
노란 햇살이
찬란히 비추었다.
반 고흐의 노란색 햇살이
미친 듯이 눈부시게 내리쪼였다!
지붕의 배수관은
물을
주루룩 털고
온기 속에서
팽창하기 시작했다.
팡! 팡! 팡!

너도나도 자리에서 일어나
밖을 내다보았다.
잔디밭은 아직
흠뻑 젖어
어느 때보다 초록빛을
띠었고
잔디밭의 새들은
미친 듯이

지저귀었다.
일곱 낮 일곱 밤을
제대로 못 먹고
산딸기에 물린
새들은
벌레가
위로 올라오기를
기다리다
반쯤 익사한 벌레를
쭉 뽑아
게걸스레
꿀꺽
삼켰다. 찌르레기도
있었고 참새도 있었다.
찌르레기는 참새를
쫓아내려 했지만
허기에 미친
더 작고 더 빠른
참새들은
자기 몫을
챙겼다.

남자들은 포치에 서서
담배를 피우며
어디든
나가 봐야겠다고
생각했다.
일감을 찾아봐야지
일감이 있다고
장담할 수는 없지만. 차에 시동이
걸릴까 모르겠네, 그래도
걸어 봐야지.

한때 아름다웠던
아내들은
침실에 서서
머리를 빗고
화장을 하며
어떻게든 그들의 세상을
다시 조립하고
그들의 세상을 갈가리 찢은
끔찍한 슬픔을 잊으려
애썼다.
아침으로 뭘

먹을까
궁리하면서.

라디오에서
학교가 문을 다시
열었다는 소식이
들려왔다.
그리고
얼마 후
나는
학교로 향했다.
길 여기저기 거대한 물웅덩이가
나 있고
태양과 함께 새로운 세상이 온 것
같았다.
부모님은 집 안으로
후퇴했고
나는 정시에 내 반에
도착했다.

소렌슨 선생님이 우리를
맞이했다. "휴식 시간은

없을 거예요, 운동장이
너무 축축해서."

"아!" 남자애들은 대부분
탄식했다.

"하지만 휴식 시간에
특별한 일을 할 거예요."
선생님이 덧붙였다.
"재미있을
거예요!"

우리는 모두
그것이 무얼까
궁금해서
소렌슨 선생님이
오가며
수업을 진행하는
두 시간이
엄청 길게
느껴졌다.

나는 여자애들을 쳐다보았다.
걔들은 하나같이 무척이나
예쁘고 깨끗하고 초롱초롱해
보였고
가만히 똑바로 앉아
있었다.
머리카락은 또 어쩜 그리
캘리포니아
햇살처럼
아름답던지.

휴식 시간 종이 울렸고
모두들 재미난 일을
기대했다.

소렌슨 선생님이 우리에게
말했다.
"자, 이제부터 우리가 할 일은
폭풍우 동안 무얼 했는지
서로 이야기하는
거예요!
앞줄부터 돌아가면서

얘기해 봅시다!
자, 마이클, 네가 먼저
해 보자……"

우리는 한 명씩 이야기를
했다. 마이클을 시작으로
이야기는 계속됐다.
곧 우리는 모두가 거짓말을
하고 있음을 알아챘다. 완전히
거짓은 아니지만 태반이
거짓이었다. 남자애들 몇몇은
킥킥대기 시작했고 여자애들
몇몇은 그애들에게
인상을 썼다.
소렌슨 선생님이 말했다.
"자자, 여러분 조금만
정숙하도록
해요!
선생님은 여러분이 폭풍우 동안
무얼 했는지
궁금하답니다
여러분은 아닐지

모르지만!"

그래서 우리는 이야기해야 했는데
그것은 말 그대로
이야기였다.

한 여자애는
무지개가 처음 떴을 때
그 끝에
하느님의 얼굴이
보였다고 말했다.
어느 쪽 끝인지는
말하지 않았다.

한 남자애는
창문 밖으로
낚싯대를 내밀어
작은 물고기를
잡아
고양이에게 먹였다고
말했다.

거의 모든 아이들이 거짓말을
했다.
진실은
말하기 너무나
끔찍하고 창피한
것이었다.

그때 종이 울리고
휴식 시간은
끝이 났다.

"고마워요." 소렌슨 선생님이
말했다. "아주
잘했어요.
내일은 운동장이
마를 테니까
다시
사용할 수
있을 거예요."

남자애들은 대부분
환호성을 올렸고

여자애들은
꼿꼿이 가만히 앉아
있었는데
정말이지 예쁘고 깨끗하고
초롱초롱해
보였고
햇살에 드러난
머리카락은
세상에
둘도 없이
아름다웠다.

죄와 벌

샌더슨 선생님은
내가 다니던 고등학교
교장이었다.
나는 영문도 모르고
대부분의 시간을
샌더슨 선생님의
교장실에서
보낸 듯하다.

담임 선생님은
봉해진 봉투를 주고
나를 내려보냈고
샌더슨 선생님은 봉투를
열어
내용을 읽고는
나를
쳐다보았다.

"이런, 우리 또
만났구나!
좀 **얌전**할 수는
없는 거냐,

응?"

그는 똑같은 말을
매번 반복했다.
나는 못된 행동에 찬성하는
편이었으나
내가 못된 행동을 한 건지는
확신할 수
없었다.

나는 항변하지
않았다.
교사들이
머저리라는 생각이
들어서였다.
샌더슨 선생님
역시
머저리였기
때문에
아무도 그에게
항변하지
않았다.

세상 어느 누구보다
멍청한
내 부모님에게는
특히
더
그랬다.

"좋아."
샌더슨 선생님은 그렇게
말했다. "전화 부스에 가서
문 닫고
내가 부를 때까지
나오지
말거라."

그것은
작은 의자가 딸린 흔한
유리
전화 부스였다.
나는 여러 번 거기 앉았지만
전화가 울린 적은 한 번도
없었다.

그 안에 있으면
갑갑했다.
거기서 할 수 있는 건
생각뿐인데
나는 생각하고 싶지
않았다.
샌더슨 선생님은
그걸 노린 거였다.
안에 잡지들이
있었는데
하나같이 따분한
고급 여성지였다.
그래도
읽어 보았더니
기분이 엄청
더러워졌다.
샌더슨 선생님이
의도한 대로.

한두 시간이
지난 후
그는 큰 주먹으로

부스 문을 두드리며
외쳤다. "그만 됐다,
이제 나오도록
해라.
다시는 널 여기서
보지 않게 해 다오!"

하지만 나는
여러 번
돌아왔다.

매번 영문도
모르고.

마침내
누군가는 그러기
마련이듯
나는 그 고등학교를
나왔고
그로부터 2년쯤
지났을 때
신문에서

샌더슨 선생님이
학교 기금을
횡령한
죄로
기소되어
벌금형과
징역형을
받았다는
뉴스를
읽었다.

내가
전화 부스에서
혼자
빈둥거리고
있을 때
그 개새끼는
수작을 벌이고
있었던
것이다.

감옥으로

찾아가
그의 면전에
《여성 가정 저널》을
한 보따리
내던지고 싶었지만
물론
그러지는
않았다.
굳이
그러지 않아도
이미
흐뭇했다.

군인, 그의 아내, 놈팡이

샌프란시스코에서 빈둥거리던 놈팡이 시절
잘 차려입은 사람들을 따라 교향곡 연주회에
간 적이 있다.
음악은 좋았지만 어쩐지 청중은
마음에 들지 않았다.
어쩐지 오케스트라와 지휘자도
마음에 들지
않았다.
건물도 멋지고 음향 시설도
완벽했지만
차라리 혼자 라디오 음악을 듣는 편이
더 나을 것 같았다.
연주회가 끝나고 내 방에 돌아와
라디오를 틀었더니
누군가 벽에 주먹질을 했다.
"그 개똥 같은 것 좀 끄지 못해!"

옆방에는 어떤 군인이 아내와
살고 있었다.
그는 나를 히틀러로부터 보호하기 위해
곧 떠날 사람이라
나는 라디오를 껐다. 아내의 말소리가

들렸다. "그러지 마요." 그러자 군인이
말했다. "저놈이랑 떡이라도 치든가!"
자기 마누라한테 그런 걸 시키다니 정말
친절한 처사라는 생각이 들었다.
물론
그녀는 그러지 않았지만.

어쨌거나 나는 음악회에는 다시 가지 않았고
그날 밤에는 라디오를 아주 조용히 들었다.
귀를 라디오 스피커에 바짝
붙이고.

전쟁은 대가를 요구하고 평화는 결코 지속되지 않는다.
수백만의 청년들이 도처에서 죽어 갈 것이다.
그날 밤 내가 클래식 음악에 귀 기울일 때
그들이 절절하게 사랑을 나누며 신음하는 소리가
쇼스타코비치, 브람스, 모차르트를 뚫고
크레셴도와 클라이맥스를 뚫고
우리가 공유한 어둠의 벽을 뚫고
내게 들려왔다.

보나파르트의 후퇴

프레드
사람들은 그를 그렇게 불렀다.
그는 항상 바 끄트머리
문간에
앉아 있었다.
가게 문이 열린 후
닫힐 때까지 쭉
죽치고
있었는데
나보다 더 거기서
살다시피 했으니
알 만할
것이다.

그는 누구와도 말을 섞지
않았다.
그저 거기 앉아
유리잔의 생맥주를
들이켰다.
바 맞은편을 똑바로
바라볼 뿐
아무도 쳐다보지

않았다.

한 가지
더.

그는 때때로
일어나
주크박스로
가서
항상 같은 음악을
틀었다.
「보나파르트의 후퇴」[1]

그는 그 노래를
밤이고 낮이고 줄창
틀었다.

말하자면 그의 노래였던
셈이다.

싫증을 내는 법이
없었다.

생맥주의 유혹에
넘어갈 때면
일어나
그 「보나파르트의 후퇴」를
예닐곱 번 연속으로
틀었다.

그가 누구인지
어떻게 먹고사는지
누구도 몰랐다.
그가 건너편 호텔에
산다는 것과
매일
문을 열자마자
들어오는
그 술집의
첫 손님이라는
것뿐.

나는 바텐더 클라이드에게
항의했다.

"이봐, 저치 때문에
다들 돌아 버릴
지경이야.
다른 레코드판은 모두
차례로
나오는데
저
「보나파르트의 후퇴」만
계속 나온다고.
이래서야
되겠어?"

"그건 그의 노래야."
클라이드가 말했다.
"당신은 그런 거
없어?"

어느 날
그날따라 오후 1시에
들렀더니
단골들은 모두
있는데

프레드만
없었다.

나는 술을 시키고는
크게 말했다.
"이봐, 프레드
어디 갔나?"

"프레드 죽었어."
클라이드가 말했다.

나는 바 끄트머리를
쳐다보았다.
햇살이 블라인드 틈새를
파고든
거기 끄트머리 스툴에
아무도
없었다.

"농담도 참."
나는 말했다. "뒤쪽 변소나
어디

있겠지."

"프레드는 오늘 아침에 나타나지
않았어." 클라이드가 말했다. "그래서
그의 호텔방으로
찾아갔더니
거기에
그가
시가 상자처럼
뻣뻣하게
굳어 있더군."

모두 입을 꾹
다물었다.
그 남자들 원래
말이 없는
편이었지만.

"그럼." 나는 말했다. "이제
「보나파르트의 후퇴」는
듣지 않아도
되겠군.

모두 말이
없었다.

"그 레코드 아직
주크 안에
있나?" 나는
물었다.

"응." 클라이드가
말했다.

"그럼." 나는 말했다.
"한 번 더
듣지 뭐."

나는 일어섰다.

"잠깐." 클라이드가
말했다.

그는 바를 빙 돌아

주크박스로
걸어
갔다.

손에 작은 열쇠를
하나
가지고.

그는 주크에 열쇠를
꽂고
문을
열었다.

그러고는 안에서
레코드를
하나
꺼냈다.

그는 레코드를 들고
있다
무릎 위에
놓고

부쉈다.

"이건 그의
노래였어." 클라이드가
말했다.

그러고는 주크 문을
잠그고
깨진 레코드를
바
뒤로
가져가
쓰레기통에
버렸다.

그 술집의
이름은
주얼스
크렌쇼 대로와
애덤스 대로가
만나는 곳에
있었는데

지금은
거기
없다.²

---

1 피 위 킹(Pee Wee King)이 작곡한 미국 컨트리 음악. 1812년 나폴레옹이
러시아에서 퇴각한 사건을 제목으로 삼았다.
2 크렌쇼 대로와 애덤스 대로는 각각 로스앤젤레스 지역을 남북과 동서로
관통하는 도로다.

타이어 펑크

아침 11시 고속도로를
북쪽으로 달리던 중
펑크가 났다.
나는 도로 끄트머리
작은 띠 같은
갓길로
넘어가 차를
세우고
잭과
스페어를
꺼내
작업을
했다.
대형 트럭들이
씽씽 지나고
돌풍과
소음에
천지가 흔들렸다.
그것도
모자라
추운
날씨에

칼바람마저
불어
이런 생각이 들었다.
아이고, 하느님, 제발
내가 이걸 해낼 수
있을까?
여긴
휘까닥 돌아서
다 포기하기
딱 좋은
곳이군.

하지만 나는
새 바퀴를
끼우고
헌것은
트렁크에 넣고
다시
차에
탔다.

자동차들의 회오리

안으로
돌진해
들어가니
아무 일도
없었던
듯했다.

나는 다른 사람들과
더불어
움직였다.

너도
나도
알량한 좀도둑질
부패한
윤리의 덫에
걸려.
나는 미친 듯이
질주해
1차선으로
들어갔다.

버튼을
누르자
라디오
안테나가
하늘로 쓱
치솟았다.

휴화산

뮈소의 바텐더는
나를 기억했다.
누더기 차림으로
시끄럽기 그지없는
최악의
여자들과
나무에 기대어
있던
나를.
더구나
우리는
술을 퍼마시고
술을 쏟고
소란을 피우곤
했었다.

이제
나는
인터뷰 진행자
영화감독
배우
혹은

아내랑
점잖은
친구 한둘과
함께
조용히
들어간다.

어쩌다
나를
바라보는
바텐더를 보면
그가 옛날을
그 시절을
생각한다는
생각이
든다.
그러면 나는
그를 마주보며
눈으로
이런 메시지를
보낸다.
나는 똑같아

그때 그치라고
그저
환경이
변했을
뿐이지
나는
똑같아.

그러고 나서
일행에게
몸을
돌리면
그들
역시
이렇게
생각하는
듯하다.
이 인간
언제쯤 또
정신줄
놓을까?

일
없네
친구여
뭐
한번
기다려
보든가.

창작 수업

나는 유죄다, 대학에서 한 번
그걸 들었으니.
거기서 가장 먼저 깨달은 것은
당장이라도
거기 놈 두셋은
실컷 두들겨 팰 수 있다는
것과
(물리적으로
말이다)
이런 식으로는 절대 창의성을
판단할 수
없다는
것이었다.

또한
작가가 되려면
이건 하고
저건 하지 말라는
교수의 조언은
아주 애매모호하고 평균적인 얘기일 뿐
아무 쓸모가
없다는 것도.

수업 중 학생들의 작품이 몇 편
낭독될 때면
그 형편없음에 민망할
지경이었다.

뒤쪽 줄에 혼자 인상을 쓰고
앉아 있자니
이런 생각도 들었다.
남자들은 남자 같지 않고
여자들은 여자 같지 않다는.
또한
창의성은 판단할 길이 없다는 것.
하지만 저들이 창작한 것은
꼭 저들을
닮았다는 것.
그래도 교수는
내가 내는
과제물에 꼬박꼬박
'A'를 주었다.
출석이 부진해 결국
'B'를 받았지만.

그 수업을 듣는 학생들은
한 명을 빼고 모두
창작 쪽으로는
가망이
없어 보였다.

심지어 예외인 사람도
한 쉰 살은 되어야
작품이
쪼금 빛을 볼까
말까였다.

본인은 그보다는
조금 더 빠를
것으로
기대했겠지만.

서늘한 검은 공기

간혹 타자기 방에서 이 작은 발코니로
나오면
밤이 있고 서늘한 검은 공기가
있다.
슬리퍼, 반바지, 속셔츠 차림으로 서서
작은 담배를 빨면, 고부라진 하버 고속도로에
휘도는 자동차 불빛들이 보인다.
오고 또 오는 저 불빛들, 결코 멈추지 않는 것들.
정말 궁금하다, 삶이 아직 여기 있는지.
그 세월을 거쳐 우리의 오류와 우리의 미약함
우리의 탐욕으로 점철된 구렁텅이를 거치고도
아직 있는지.
우리의 이기심, 우리의 비통함에도
삶은 아직 여기 있다.
그런 생각을 하면 이상하게
우쭐해진다.
물론 장시간 타자를 친 터라 지금 좀
멍하다.

지금 저 멀리 왼쪽 마당에서
개가 또 나를 향해
짖는다.

거기 반바지 차림으로 서 있는 저 늙다리
저치도 지금쯤 나를 알겠지.

나는 돌아서서 타자기 방으로 들어간다.

타자기는 전자식이고 전원이 켜져 있어
웅 웅 웅 웅 콧소리를 낸다.

간밤에는 아주 해괴한 짓을 했다.
시 몇 편을 찢어 버린 후
타자기를 덮고는
몸을 숙여 녀석에게 입 맞추고 말했다.
"고맙다, 아주 많이."
50년간 경기를 치르고 나서야
타자기에게 감사를 표하다니.

이제 다시 녀석 앞에 앉아 **녀석을 팬다**. 나는 살살 치지
않는다, 팬다. **패는 소리를 듣고 싶다**. 녀석이 재주 부리는 걸
보고 싶다. 녀석은 최악의 여자들과 최악의 남자들과
최악의 일터에서 나를 구해 주었다.
악몽을 맨정신으로 바꿔 주었고

바닥을 기던 나를 사랑해 주었고 실제의 나보다
더 훌륭한 사람으로 느끼게끔
해 주었다.

나는 녀석을 팬다. 나는 녀석을 팬다.

이제는 그 작가들의 심정을 알겠다.
일이 술술 풀릴 때, 신바람이 날 때 어떤 기분인지.

죽음이여, 내가 당신의 양팔, 양다리, 머리를
잘라 냈다오.

미안하구먼, 당신도 해야 할 일을
하는 것뿐인데.

저 짖어 대는 개한테 미안해지는군.

하지만 지금은
요녀석을 팬다.
팬다.

그리고 기다린다.

자칼들

세월이 흘러 나도 차츰 운이 따르나 싶었는데
이 자칼들, 과거의 싸움꾼들이
그간 아무 일 없었다는 듯
다시 출몰한다(시기와 증오가
노골적이지 않은 이상 누가
문학 비평에 관심을 주겠는가)
식당 같은 곳에서 그 자칼들과 자꾸
마주친다.
몇몇은 온 가족을 이끌고
문 안으로 들어선다. 어머니, 아버지
고모 이모
기타 등등……

자칼들은 매력을 발산한다.
그러거나 말거나. 과거는 과거일
뿐. 나는 술을 따르고 귀를
기울인다.

일은 꼭 그 후에 터진다, 보통
일주일 안에.
두꺼운 원고가 메모와 함께
도착한다. "좀 읽어봐 줄래요?

당신이 서문을 써 주길 출판사가
원합니다……"

팔짱을 끼고 침대에 털썩 걸터앉아
한번 읽어 본다. 능수능란한 글이지만
형편없는 허술함, 부자연스러운
구멍이 있다……
수명을 재촉하는 원고.
그것을 그만 바닥에
떨구고 만다.

요전 밤에는 내 영화를
상영하는 극장에 잠깐
얼굴을 비쳤다가
떠나려는데
그 시인이 싸구려 공짜 와인을
손에 들고 얼굴을
내 얼굴 앞에 디밀더니
똑같은 소리를 또다시
반복했다, 예전에 이미
한 말이라는 걸 까맣게
잊은 듯이.

"나 기억나요? 엘스에서 만났잖소.
새 잡지가 나올 겁니다.
《롤링 스톤스》를 능가할
잡지……
그들의 부탁인데
내가 당신을 인터뷰하고
당신도 나를 인터뷰하고.
편당 1000 준대요, 어쩌면
더 줄지도……"

(예전에 이 자칼은 권투 경기를
보러 가자 조르고 나서
나를 씹는 기사를 썼다.
그는 계속 얼굴을 디밀며
지껄이고 또 지껄였다.
"저기요." 나는 그에게 말했다.
"그냥 권투나 보러 가죠……"
그는 내게 그 경기를
보러 왔었다고 했지만
그것은 거짓말이었고
그 기사는 나를 술꾼에

전성기를 한참 넘긴 퇴물
형편없는 인간으로 평했다.)

그래 놓고 이제 와 길바닥에서
얼굴을 내 앞에 디밀면서
장광설을 늘어놓다니. "나는 당신을
인터뷰하고, 당신은 나를 인터뷰하는 거죠……
1000씩 받고. 어떻습니까, 응,
응?"

"나중에 알려 줄게요." 나는 그에게
말했다.

하지만 그는 계속 따라붙으며
얼굴을 내 앞에 디밀었다……

이쯤 되니 확 패 버릴까
하는 생각이 들었다.

하지만 다른 방법을 먼저
쓰기로 했다.

"씨펄, 저리 썩 꺼져!"

그는 물러섰고 나는 걸어갔다
더 나은 곳을 향해⋯⋯

일주일쯤 지났나, 저녁에 경마장에서
돌아와 보니 커다란 소포가 와 있었다.
지방 언론사에서 보낸 그의 근간
세 권이었다.
책장을 이리저리 넘겨 보니
경쾌하고 장난스런 스타일로
개방적이고 선량하며 인간적인
남자인 양 행세했지만 각성제의
힘을 빌려 갈가리 찢긴
영혼으로
내깔긴
대담하기보다
지루한
훈계였다.

전화번호와 주소가 적힌
쪽지가 있었다.

"내가 당신을 인터뷰하고 당신도
나를 인터뷰하는 거요. 편집자도
찬성입니다…… 보수는 각자
편당 1000인데, 어쩌면
더 가능할지도……"
나는 부엌으로 가서
그를 쓰레기봉투에
넣었다.

고양이들에게 밥을 주었을 때 전화가
울렸다.
생소한 목소리였다.

"치나스키?"

"그런데요?"

"저기, 선생은 나를 모를 겁니다.
내 이름은 디퍼라고 하는데
선생에게 좋은 제안을 할까
합니다."

"이봐요, 내 전화번호는 어찌
알았소?"

"에이, 참, 그게 뭐가
중요합니까?"

나는 전화를 끊었다.

곧바로 전화벨이 다시
울렸다.

다시 전화를 끊었다.

곧바로 전화벨이 다시
울렸다.

나는 앞방으로 가 남쪽 창문을
내다보았다. 밖은
좋아 보였다. 나무, 잔디밭
잡목.
자칼은 한 마리도 보이지
않았다.

2부

장미 그늘 아래

공룡들아, 우리는

이렇게 태어났어
그때는 말이야
창백한 얼굴들이 미소 짓고
죽음의 마녀가 낄낄 웃고
엘리베이터가 고장 나고
정치 지형은 혼탁하고
대졸 청년이 슈퍼마켓에서 일하고
기름 범벅 물고기가 기름 범벅 먹이를 뱉어 내고
태양은 가려져 있었지.

우리는
이렇게 태어났어
이곳은 말이야
신중한 광기의 전쟁터
창문들이 부서진 휑한 공장 풍경
사람들이 더 이상 대화하지 않는 술집
주먹다짐이 총질과 칼부림으로 끝나는 곳.

이런 곳에서 태어났어.
병원비가 엄청나 차라리 죽는 게 쉬운 곳
변호사 선임비가 엄청나 차라리 죄를 인정하는 게 쉬운 곳
감옥은 만원이고 정신병원은 폐쇄된 나라

대중이 바보들을 부유한 영웅으로 떠받드는 곳.

이런 곳에 태어나
이런 곳을 걷고 살아가고 있어
이것 때문에 죽어 가고
이것 때문에 벙어리가 되고
거세되고
타락하고
상속권을 잃고
이것 때문에
이것에 의해 기만당하고
이것에 의해 이용당하고
이것에 의해 더러운 꼴을 당하고
이것에 의해 미치고 병나고
사나워지고
비인간적이 돼
이것 때문에.

심장이 까맣게 타 버렸어
손가락이 숨통을 조이고
총을 찾고
칼을 찾고

폭탄을 찾지.
무심한 신(神)을 찾는 손가락들.

술병을 찾는 손가락들.
알약을 찾고
분(粉)을 찾는 손가락들.

우리는 이 서글픈 죽음 속으로 태어났어
우리는 60년간 빚쟁이인 정부 아래 태어났어
머지않아 이자도 못 갚을 처지가 되겠지
은행들은 불탈 테고
돈은 휴지가 되고
백주 대낮에 대놓고 살인해도 벌 받지 않고
총질이 난무하고 무뢰배가 활보하고
땅은 쓸모를 잃고
먹을거리는 생산성이 떨어지고
원자력은 다수의 손에 넘어가고
폭발이 끊임없이 지구를 뒤흔들고
양산된 로봇 인간들이 서로의 뒤를 캐고
부자와 선택받은 자는 우주정거장에서 관망하고
단테의 지옥은 아이들의 놀이터로 포장되겠지.

해는 나지 않고 항상 밤일 테고
나무들이 죽어 가고
모든 초목이 죽어 가고
양산된 인간들은 양산된 인간들의 살을 뜯어먹고
바다는 오염되고
호수와 강은 사라지고
비는 새로운 황금이 될 테지.

인간과 동물의 시체 썩는 냄새가 음산한 바람결에 실려 올
　　테지.

한 줌의 생존자들은 흉악한 새 질병에 쓰러지고
우주정거장은 마찰에, 차츰 줄어 가는 공급에
전반적인 부패의 자연스러운 효과로 파괴될 테지.

그제야 초유의 아름다운 침묵이 들려오겠지.

그제야 침묵은 태어나고

태양은 아직 거기 숨겨진 채로

다음 장(章)을 기다리겠지.

면도하다 베이다

뭔가 잘못됐다고 그는 말했지, 사람들의 모양새
음악의 모양새, 글이 써지는
모양새.
뭔가 잘못됐다고 그는 말했지, 우리가 배운 모든 것
우리가 쫓는 모든 사랑, 우리가 맞이하는 모든 죽음
우리가 살아가는 모든 삶
뭔가 잘못됐어
잘못돼도 한참 잘못됐어
우리가 살아가는 이런 삶이
하나씩 하나씩
역사로
차곡차곡 쌓이고
종(種)들의 낭비가 되고
그 빛과 그 모양새가 밀집되어
뭔가 잘못됐다고
한참 잘못됐다고
그는 말했다.

나라고 모르겠나?
나는 대답했다.

나는 거울에서 멀어졌다

아침에 오후에
밤에.

변한 것은 없었다.
그대로 붙들려 있었다.
뭔가 반짝했고 뭔가 부서졌고 뭔가
남았다.

나는 계단을 내려가 그 속으로
들어갔다.

괜찮은 일거리

가끔은
깨끗하고 점잖은
사람들이 선호할 만한
일감이 있다.
한때 내가 했던
화물차에서 냉동 생선을 내리는
일처럼.

관(棺) 크기의 상자에
담긴 생선은
아름다운
무게로
완강히
버텼다.
두툼한 장갑을 끼고
갈고리를 들고
그 빌어먹을 놈들을
갈고리로 찍어
바닥을 따라 쭉
당겨
밖에 대기한 트럭 위로
밀쳐

넣었다.

이상하게 거기에는
감독이 없었다.
우리가 일을
끝낼 것을 알고
그저 우리를 거기에
풀어놓았다.

우리는
서로
와인 한 병 마시고 오라고
한 명씩
빼 주고는 했다.
화물차 안은
미끄럽고
추웠다.

꽁꽁 언 생선을
잡아 빼고 나서
와인을 들이켜면
개고생도 단숨에

날아갔다.
싸움이 한두 번
벌어졌지만
심각한 폭력은
없었다.
나는 중재자
였다.

"자자, 이까짓 거
해치우자!
생선을 여기서
치워
버리자!
해보자!"

그러고는 다시금
와자지껄 웃고
농담을
지껄였다.

저녁이 다가올수록 다들
말수가 줄었다.

생선은 점점
더 무겁고
더 버거웠다.
정강이에 금이 가고
무릎은
멍들고
와인은
우리 위장 속으로
무겁게
침전했다.

그쯤 되면
마지막 상자는
꼴도 보기
싫어서
그냥 밖으로
내팽개쳤다.

타임카드를
찍는
손이
천근만근

무거웠다.

낡은 차에
올라타고
집으로
애인에게
향하면서
생각했다.
내게도 좋은 시절이
올까 아니면
지옥이
펼쳐질까.

하지만
내가 냉동 생선을
해치웠구나
하는 생각에
기쁨과
위안을 얻었다.
그 맛에
다시 거기로
돌아가게 됐다.

나무 상자를 갈고리로 찍어
끌어내게 됐다.

밤이 등장하고
전조등을 탁
켜면
세상은
살 만한 곳이
되었다.
그 순간
만큼은.

맨 끝자리

나는 늘
바의 목재를 관찰했다.
나뭇결, 긁힌 자국, 담뱃불에 탄 구멍
거기에 뭔가 끌리는 면이 있는데
정확히 무엇인지 알 수가
없어서
계속 관찰을 했다.

유리잔을 쥔 내 손도
쳐다보게
되었다.
유리잔을 쥔 손에는
뭔가 끌리는 면이
살짝 매혹적인 면이
있다.

물론, 모든 취객이
그렇기는 하다.
엄지손톱으로
얼음물 속에 담가 두었던
맥주병의 젖은 라벨을
천천히

떼기도 한다.

담배를 피우는 것도 훌륭한 쇼가 된다.
특히 이른 아침
뒤편에 베니션 블라인드가
내려져 있을 때
담배 연기는 구불구불 올라가며
갖가지 모양을 띠고
마음에는
평화가 깃든다.
정말 그렇다. 그 이상이다.
주크박스에서
아끼는 옛 노래 한 곡이
흐르고 있다면
더욱 그렇다.

바텐더가 늙었고
약간 피곤하고
약간 현명하다면
그가 있는 풍경
그가 무얼 하는 모습은
흐뭇하다.

유리잔을 닦거나
카운터에 기대어 있거나
한 잔씩 슬쩍 마시거나
그가 무얼 하든
얼핏 보이는 그의 모습은
눈에 띄는 그의 하얀 셔츠는
항상
흐뭇하다.
술을 마실 때
그의 하얀 셔츠는
중요한 배경이자
동행이다.

지나는 차들의 소리에
귀를 기울이기도 한다.
한 대 한 대.
작심하고 듣는 게 아니라
순간순간 듣게
된다.
비가 내린다면
더 바랄 게 없다.
젖은 거리에 닿는

타이어 소리를
들을 수 있다.

술집은 숨기에 더없이
좋은 곳이다.
시간은 내 통제 아래 흐른다.
마음껏 뛰어들 시간
아무것도 하지 않는
시간.

전문가는 필요 없다.
신(神)마저도.

존재하는 것 말고는
짊어질 기대는 없다.
기대를 짊어지지 않는 이들은
잃을 것이
없다.

내 삼촌 잭

　내 삼촌 잭은
새앙쥐
불타는 집
일촉즉발의 전쟁
등에 칼침을 맞고 거리를 내달리는 남자.

　내 삼촌 잭은
산타모니카 부두
먼지 날리는 파란 베개
몸을 긁어 대는 얼룩 개
한 손으로 담뱃불을 붙이는 외팔이.

　내 삼촌 잭은
타 버린 토스트 조각
잃어버린 열쇠가 있는 곳
수납장에서 두루마리 휴지 세 개를 찾았을 때의 기쁨
기억나지 않는 최악의 악몽.

　내 삼촌 잭은
당신의 손에서 터지는 폭죽
아침 10시 30분 당신의 집 진입로에서 치여 죽은 고양이
산타 아니타 주차장에서 딴 허접한 장난감

그날 밤 당신의 여자가 싸구려 호텔 방에 당신을 버리고
　　떠나게 만든 남자.

　내 삼촌 잭은
당신의 삼촌 잭
화물차처럼 오는 죽음
눈물을 흘리는 광대
당신 자동차의 잭, 당신의 손톱, 세상에서 가장 큰 산의 포효.

멈추는 자리

해내야 한다, 아니면 사방의 벽이
좁혀 올 것이다.
다 포기해야 한다. 내던져야
한다. 다 내던져야 한다.
볼 때 정말 봐야 한다
생각할 때 정말 생각해야 한다
할 때 정말 해야 한다
그러지 않으면
개인적 이익을
고려하지 않을 거면
지침을 따르지 않을 거면
차라리 하지 마라.

사람들은 아등바등하다
쇠락한다.
평범한 습관 뒤에
숨는다.
무리의 관심사가
자신의 관심사다.

낡은 신발 한 짝을 10분간 빤히 보는 능력은
아무나 가진 게 아니다.

문고리는 누가 발명했을까
하고 엉뚱한 생각을 하는
능력도
그렇다.

사람들은 살아도 산 게 아니다.
멈추는 능력이 없기
때문이다.
느긋해질 줄도
풀어질 줄도
보지 않을 줄도
배우지 않을 줄도
모르기 때문이다.
고리타분하다.

그들의 진실하지 않은
웃음소리를 들으면
그냥
떠나라.

컴퓨터로 쓴 첫 시

이제 나도 제대로 망조가 든 걸까?
이 기계는 나를
술도 여자도 가난도 어쩌지 못한 나를
끝장내려나?

무덤 속 휘트먼[1]은 나를 비웃을까?
크릴리[2]는 좋아하려나?

이렇게 띄는 게 맞는 걸까?
그런가?

긴즈버그는 호통을 치겠지?

기계야
내게 위안이 되어 주렴!

행운을 가져와 다오!

잘 부탁한다!

나를 이끌어 다오!

나는 다시 처녀가 되었다.

일흔 살 먹은 처녀.

내게 허튼짓할 생각 마라, 기계야.

그냥 하든가.
알게 뭐람.

내게 말을 걸어 봐, 기계야!

둘이 함께 술을 마셔 보자.
재미나게 놀아 보는 거야.

컴퓨터 앞에 있는 나를
혐오할 사람들을 생각해 보렴.
우린 그들을 떨거지에 포함시키고
계속 전진하는
거야.

그러니까 이것은 끝이 아니라
시작인

거야.

로시니, 모차르트, 쇼스타코비치

오늘 밤에는 이걸 들어야겠다.
레드 그레인지[1]의 사망 기사를 읽은 터라.
오늘 밤엔 아내와 일식집에서 저녁을 먹었다.
아내에게 레드 그레인지가 죽었다고 말했다.
나는 후식으로 레드빈 아이스크림을 먹었고
아내는 먹지 않았다.
걸프만에서는 아직도 전쟁이 진행 중이다.
우리는 차에 올라탔고 내가 운전해 돌아왔다.
지금은 로시니를 듣고 있다.
그는 레드 그레인지보다 먼저 죽었다.
청중이 박수를 치는군.
다음 곡은 모차르트.
레드 그레인지는 신문에 엄청난 평을 받았다.
이제 모차르트가 시작된다.
지금 난 인도산 작은 궐련을 피우고 있고
옆방에는 고양이 여섯 중 네 놈이 자고 있다.
아내는 아래층에 있고.
밖은 춥다, 아직 겨울밤이다.
책상 램프로 연기를 훅 뿜고 휘도는 연기를 바라본다.
모차르트는 아주 잘하고 있다.
쇼스타코비치는 준비 중이고.
지금은 화요일 늦은 저녁.

레드 그레인지가 죽었다.

---

1 해럴드 에드워드 그레인지. 1903-1991. 20세기 초반 명성을 떨쳤던
미식축구 선수. 은퇴 후 영화에 출연하고 스포츠 해설가와 동기부여 강사로
활동하다 파킨슨병으로 사망했다.

유감천만

훌륭한 정신과 건강한 육체는 좀체 함께하지
않는다.
훌륭한 육체와 건강한 정신도
그렇다.
훌륭한 육체와 훌륭한 정신도
그렇다.

더 나쁜 건 별로 건강하지 않은 정신과
별로 훌륭하지 않은 육체가 함께하는 경우가
잦다는 것이다.

사실, 전체 대중은
거의 이렇고
자기와 똑같은 복제품을
만들어
낸다.

세상이 왜 이 지경이 됐는지
생각해 본
사람?

극장 옆자리에 앉은

사람이나
슈퍼마켓 계산대 줄 앞사람에게
관심을 갖자.
연두교서를 나누어 주는
사람에게도.

신들은
우리가 멀고 험한 길을 가든 말든
방관했다.

달팽이는 만나[1]가 있는 집을 향해
기어가는데도.

---

1 이스라엘 민족이 이집트를 탈출해 광야에서 헤맬 때 여호와가 내렸다는
양식.

대가

내가 e. e. 커밍스를 좋아하는 이유는
그가
말에서
신성함을 쪽 빼고
매력과 도박을 가미해
똥밭을 돌파하는
시를
우리에게 주었기 때문이다.

꼭 필요한 일이었다!
우리는 낡고 피로한
틀에
갇혀
시들어 가고
있었다.

물론, 이후 e. e. 커밍스
따라쟁이들이
속속
생겨났다.
그들이 그를 베낀 건
키츠,[1] 셸리,[2] 스윈번,[3]

바이런[4] 등은
이미 누군가 베꼈기
때문이었다.

하지만 e. e. 커밍스는
단 하나
뿐이다.
당연히.

태양은 하나.

달은 하나.

그런 시인은
하나.

---

1 존 키츠. 1795-1821. 영국 낭만주의를 대표하는 시인. 최고의 서정시들을
남기고 스물다섯 살에 세상을 떴다.
2 퍼시 비시 셸리. 1791-1822. 섬세한 정감을 노래한 영국의 서정 시인.
바이런, 키츠와 함께 영국 낭만주의 3대 시인으로 꼽힌다.
3 앨저넌 스윈번. 1837-1909. 영국의 시인 겸 평론가. 대표작으로 속물주의에
반감을 드러낸 「시와 발라드」가 있다.
4 조지 고든 바이런. 1788-1824. 영국의 낭만파 시인. 생전 런던 사교계의
총아였고 낭만주의 문학을 이끈 당대 인기 시인이었다.

숙취

이 세상에 나보다 더
숙취에 시달린 사람이 또 있을까.
아직까지
숙취로 죽지는 않았지만
어떤 날 아침에는 정말이지
아주 그냥
죽을 맛이다.

알다시피 최악의 음주는
줄담배를 피우면서
이 술 저 술
섞어 마시는
것이다.

최악의 숙취는
정신을 차려 보니 자동차 안, 낯선 방, 어떤 골목, 감방일 때
찾아온다.

최악의 숙취는
깨어 보니
간밤에 악랄하고 무지하며
무모한 짓을 저지른 게

분명한데
그게 무엇인지 통 기억나지 않을 때
찾아온다.

깨어나면 여러모로
무질서한 상황에 있기 마련.
몸은 여기저기 멍들었고 돈은 없어졌고
차가 있다면 차도 사라졌을 가능성이
농후하다.

여자에게 전화를 건다.
간밤에 여자랑 같이 있었다면.
십중팔구 여자는 술꾼의 전화를
대차게 끊어 버린다.
여자가 옆에 있는 경우라면
그녀의 뜨겁고 격렬한 분노를
피부로 느끼게 된다.

술꾼은 결코 용서받지 못한다.

하지만 술꾼은 스스로를 용서한다.
다시 술을 마셔야 하기

때문이다.

수년간 술꾼으로 살아가려면
참으로 사악한 끈기가
필요하다.

술꾼의 술친구들은 술에
목숨을 잃는다.
술꾼은 병원을
들락거린다.
병원에는 이런 경고문이 곧잘 쓰여 있다.
"술 한 잔에 당신은
죽을 것이다."
하지만 술꾼은
계속 마시는 것으로
그 한 잔을
물리친다.

나이가 일흔다섯에
육박하면
더 많이 마셔야 취기가
오른다는 걸

깨닫는다.

숙취는 더욱 포악해지고
회복기는 더
길어진다.

어이없게도
참 어리석은 점은
본인이 그 모든 짓을
저질렀으며
아직도 저지르고 있다는 사실이
불쾌하지 않다는
점이다.

타자기로 이걸 쓰는 지금
나는 최악의 숙취에
결박당해 있고
아래층에는
각양각색의 잡다한
술병들이
즐비하다.

참으로 끝내주게
멋진 나날이었다.
이 광기의 강
들이파고
약탈하는
이 광기는
부디
오로지 나에게만
내려 주소서
아멘.

그들은 어디에나 있다

비극 중독자들
천지.
아침에 눈을 뜨자마자
그들은
트집거리를 찾기
시작한다.
꼬투리를 하나 잡아
잠자리에 들 때까지
그것에
매달린다.
누워서도 잠이 안 와
이리저리
뒤척인다.
그 하찮은
방해물을
머릿속에서
떨쳐 내지
못한다.

함정에 걸렸다고
음모가 있다고
생각한다.

항상 화를
내는 것으로
본인이 늘 옳다는
느낌을
유지한다.

운전을 하다 보면
사소한 위반에도
경적을 미친 듯이
울려 대고
저주하고
욕설을 퍼붓는
사람들을
만나게 된다.

그들은
줄을 설 때도
존재감을 드러낸다.
은행에서
슈퍼마켓에서
영화관에서.
등을 밀어 대고

발꿈치를 밟고
조바심을 내다
급기야
화를 낸다.

이 과격하고
불행한
종자들은
어디에나 있고
모든 일에
끼어든다.

그들은
두려운 것이다.
틀렸다는 소리가 죽기보다
듣기 싫어
끊임없이 비난을
퍼붓는 것이다……
이것은 그들의 병폐
그 종족의
질병.

내가 목격한 첫 번째
사례는
바로 내
아버지.

이후
나는
수천 수만의
아버지들을
지켜봤는데
스스로
삶을
증오로
낭비하고
시궁창에
던져
놓고는
불평하는
자들이었다.

전쟁

전쟁 전쟁 전쟁
그것은 노란 괴물
마음과 몸의
포식자.
전쟁
형언할 수 없는 무엇
광인의
쾌락
미성숙한
인간들의
결전.

그것은 여기
머물 것인가?

우리는?

우리가
반짝이는
마지막 기회에
다가가는 동안에도.

꽃 하나가 떠나갔다.

잠깐만.

한숨 돌립시다그려.

바보

내 나이 일곱 살 때
문득 이런 생각이
들었다.
바보가 돼야겠어.

사람들이 '바보'라
부르는 이들은
동네에 몇 명
있었다.

그 바보들은
무시는 당해도
기대에 부응할 필요가
전혀 없어서
더 평화롭게 사는 듯했다.

나는 손을 주머니에 넣고
입가에 침을 약간 흘리며
거리 모퉁이에 선 나를
상상했다.

아무도 귀찮게 하지 않는

나를.

그리고 계획을 실행에
옮겼다.

내가 처음 주목받은 곳은
학교 운동장이었다.
같은 반 아이들이 욕을 하고
나를 놀렸다.

아버지마저 주목했다.
"이 녀석이 꼭 바보처럼
구네!"

선생님도 내게 주목했다.
다리가 길고 비단결 같던
그레디스 선생님.

그녀는 번번이 수업 후 나를
남게 했다.

"왜 그러니, 헨리?

선생님한테 말을 해 보렴……"

그녀는 양팔로
나를
감쌌고
나는 그녀를
밀어냈다.

"말해 봐, 헨리, 무서워
말고……"

나는 아무 말도
하지 않았다.

"원할 때까지
여기 있어도 돼
헨리.
말하지 않아도
좋아……"

그녀는 내 이마에
입 맞추었고

나는 손을 내려
그녀의 비단결 같은
다리를 살짝
만졌다.

그레디스 선생님은
섹시한 인기녀였다.

그녀는 거의 매일
나를 방과 후에
남게 했다.
모두 나를
미워했다.
하지만 그때
로스앤젤레스에 살았던
열한 살짜리 놈들 중
나만큼
황홀한 꼴림을
맛본 놈은
없었을 거라
믿는다.

이런 반론

그 사람들은 살아남아도 결국 빈주먹으로
끝난다.
나는 칼 샌드버그[1]의 시 「그 사람들은, 옳다」[2]를
기억한다.
그것은 참신하나 완전히 빗나간 생각이다.
그 사람들은 숭고한 힘이 아니라
거짓과 타협, 농간으로
살아남은 것이다.
나는 그런 사람들과 살았다. 샌드버그는
어떤 사람들과 살았는지
잘 모르지만.
그의 시는 늘 비위에 거슬린다.
거짓을 말하는 시다.
"그 사람들은, 틀렸다."
그때나 지금이나.
꼭 인간 혐오자라 하는 말이
아니다.

부디 앞으로는
샌드버그 씨 같은 유명한 시인들이
조금만 더 말이 되는 소리를
해 주길 바란다.

헤밍웨이도 이러지는 않았다

그는 원고가 가득 든 서류 가방을
기차에서 잃어버리고
영영 찾지 못했다고 한다.
세상에 그런 고통이 또 있을까.
요전 밤 나는
컴퓨터에 3쪽짜리 시를 써 놓고
게으름과 훈련 부족
탓으로
제어판 명령어를 조물락거리다 그만
그 시를 영영 날리고
말았다.
초짜도 저지르기 어려운 짓을
그 어려운 것을 내가
해낸
것이다.

그 3쪽짜리가 불후의 명작이라
할 수는 없지만
신들린 듯 펄떡이던 시구 몇 줄은
영영 사라지고 말았다.
좀 아쉬운 정도가 아니라
와인 병을 쳐서 넘어뜨린

심정이었다.

그 일에 대해 써 봐야 좋은 시가 될 리
만무하지만 그래도
이런 생각이 들었다.
이 일을 알고 싶어 하는 사람들이
있지 않을까?

적어도 여기까지 읽은 이들을 위해 한마디.
차차 더 나아질
겁니다.

그렇게 희망적으로 생각합시다
당신과 나를
위해.

새삼 놀라운 일

살인범이
평소 말쑥하고 조용한 소년으로 밝혀지면
매번 파장이 크다.
늘 상냥하게 웃고 교회에 다니고
거의 A만 받는 우등생에
운동 실력도 좋았고
연장자에게 깍듯했고
여자애들과 어른들에게
사랑을 받았고
또래들에게 인정을
받았다니.

"그애가 그런 짓을 했다니 믿기지 않아……"

사람들은
살인자라면 모름지기
못생기고 무례하고 비호감에
불길한 조짐을, 분노와 광기의 분위기를
띠어야 한다고
생각한다.

간혹 그런 사람들도

살인을 한다.

하지만 살인의 가능성은
결코 겉모습으로 판단할 수
없다.

그것은 정치인도 신부도 시인도
마찬가지다.

개도
여자도
꼬리를
흔든다.

살인자는 어디에나 앉아 있다.
이것을 읽고 있는
당신처럼.

궁금해하면서.

뉴올리언스의 청춘

배고픈 시절이었다.
술집을 전전하고
밤에는 몇 시간이고
걸어 다녔다.
달빛은 늘 가짜처럼 보였다.
정말 가짜였는지도 모르지.
프렌치 쿼터[1]에서
지나는 홀스앤버기[2]를 구경했다.
다들 지붕 없는 높은 자리에
앉아 있었고 흑인 마부 뒤 남녀는
대부분 젊고 모두 백인이었다.
나는 백인이었으나
세상의 호감을
얻지 못했다.
내게 뉴올리언스는
은신처였다.
거기선 들볶이지 않고 빈둥거리며
살아갈 수 있었다.
쥐들은 예외였다.
어둡고 비좁은 내 방의 쥐들은
나와 방을 나눠 쓰는 것에
분노했다.

놈들은 거대하고 대담하며
깜빡이지 않는 눈으로
나를
죽일 듯
노려보았다.

여자들은 내 몫이 아니었다.
그들은 타락한 것을
간파했다.
웃는 얼굴로
내게 커피를 가져다주고
금방 가 버리지 않는
나보다 조금 나이 든
웨이트리스도 있었다.
나는 그것으로
족했다. 그것이면
충분했다.

그 도시에는 뭔가
특별한 게 있었다.
거기선
대다수 사람들이 바라는 것에

무심해도
죄책감이 들지 않았다.
그곳은 나를 가만 두었다.

불이 꺼진 침대에
일어나 앉아
바깥의 소리를
들으며
싸구려 와인병을
들이켜
포도의 온기를
내
안으로
받아들일 때
방을 돌아다니는
쥐들의 소리가
들려왔다.
그놈들이 차라리
인간이면
싶었다.

헤매는 것도

미치는 것도 어쩌면
그리 나쁘지만은 않다.
그렇게
개의치 않을 수
있다면.

뉴올리언스에서 나는
그럴 수 있었다.
아무도 내 이름을
부르지 않았다.
전화도 없고
자동차도 없고
일자리도 없고
아무것도
없었다.

나와 그
쥐들.
그리고 내 청춘.
한때는
그때는
아무것도

없었지만
나는
그것이
애쓰지 않아도
얻는
깨달음의
축하연임을
알고 있었다.

1 뉴올리언스의 구시가지. 18세기 고풍스러운 건물들이 많은 것으로
유명하며 시가지 전체가 미국 역사 기념물로 지정되어 있다.
2 18세기부터 20세기 초반까지 사용되던 가벼운 2인용 마차. 말 한두 필이
끄는 이륜마차나 사륜마차였다.

벽[1]의 지옥살이

나이를 먹는다는 건, 하루 더 늙는다는 건
운전 면허증 갱신이
어려워지는 것, 숙취가 더
길어지는 것, 여든다섯 살이
못 될 수도 있는 것
시(詩)의 발길이
끊기는 것
근심이 많아지는 것.

온천에서
죽을지 모르는 것
경마장에서 고속도로로
차를 몰다
죽을지 모르는 것
간이 수영장에서
죽을지 모르는 것
남은 치아가 더
버티지 못하는 것.

죽어 가지만 아직
죽지는 않는 것.

취해도 사람들에게 더 이상
위협감을
주지 않는 것.

누가 적인지
잊게 되는 것.

어떻게 웃는 것인지
잊게 되는 것.

술을 진탕 퍼마실 일이
없게 되는 것.

시 낭송을 한 번 듣고는
또 듣고
또 듣게 되는 것……

로스앤젤레스 시인들
뉴욕 시인들
아이오와 시인들

흑인 시인들

백인 시인들
치카노² 시인들
제3세계 시인들

여성 시인들
동성애 시인들
레즈비언 시인들
무성애자 시인들
실패한 시인들
유명한 시인들
죽은 시인들
기타 시인들에게

전광판이
개소리 같은 꽃으로
피어나고

밤은 절대
오지 않는 것.

---

1 부코스키의 애칭. 폴란드어로 '왕'을 뜻하기도 한다.
2 멕시코계 미국인.

사자왕 찰스

그는 아흔다섯 살, 넓은 이층집에
살았다.

"놈들이 나를 요양원에 보내려고
하길래 놈들에게 말했지,
'이것들아, 여기가 내 집이야!'"

그는 손주들에게 말했다.
자기는 자식들을
앞세웠다고.

아흔다섯 살 아내를
찾아갔다.
아내는 요양원에
있었다.

"마누라가 멀쩡해 보이는데
나를 못 알아보는군."

베이컨, 토마토, 아침 시리얼이
그의 양식이었다.

그는 가파른 언덕에 살았다.
작은 개를 데리고 산책을 하고는
했는데
개가 죽었다.

이제 그는 혼자 산책을 한다.
꼿꼿한 허리로
오크 지팡이를
짚고.
188센티미터 키에
호리호리하고
익살맞고
눈에 띄었다.

"나 죽을 때까지 좀 기다릴
것이지. 내 집과 내 돈이
탐나기도 할 거야.
나는 내 돈과 내 집만 괴롭히다
갈 거야."

나는 밤에
그가 그의 집 위층 방에서

텔레비전을 보거나 책 읽는 것을
본다.

그는 대부분의 남자들보다
더 오래
유부남으로 살았고
지금도 그렇지만
이제 그의 아내는 그것을 알지
못한다.

그는 그의 방에서
90하고도 5년을
살아
왔고
자비를 구하지도
베풀지도
않았다.

그는 호기심의
바다
빛나는
바위.

눈치가 빠르다.
대단히 빠르다.

죽음이 그를
데리러 오는 것은
안타까운
일이다.

나는 그 집 위층 창문이
환히 빛나는 걸
보고 싶다!

불빛이 꺼지면
다른 세상일 테지
그다지 신비롭지도
그다지 좋지도 않은.

불빛이 꺼지면.

짙은 구름 사이로

스페인인은 옳았고 그리스인도
옳았으나
내 사마귀투성이 할머니는
정신이 오락가락했다.

갈릴레이는 추측보다 한발 더 나갔는데
솔즈베리[1]는 무엇이 되었나?

찬란한 파멸은 누군가에겐
난장판.
당나귀와 낙타를 아직
부려먹고 있으니.

클레오파트라는 캐나다 베이컨을
좋아했을 테고
이제는 누구도 로마의 언덕을
이야기하지
않는다.

커브볼은 휘어지고
바닐라 아이스크림은 늘
흔해 빠졌다.

레닌그라드가 포위됐을 때
60만 명이 죽었고
우리는 쇼스타코비치의 7번[2]을
얻었다.

오늘 밤
밖에서 총성이 울렸고
나는 앉아 손으로
기름진 이마를
비볐다.

궁전들 궁전들
그리고
검고 더러운
갈고리 손톱의
바다.

가끔은
두 점의 최단 거리를
참을 수가 없다.

누가 돼지 입에
사과를
쑤셔 넣었나?
누가 그렇게
돼지 눈을 뽑고
구웠던가?
카시오도루스?[3]
카토?[4]

5월의 비행사
파묻힌 개 뼈
마시멜로 키스
소리 나는 누런 양털
발에
박힌
압정.

버지니아는 날씬하다.
매들린이 돌아왔다.
티나는 진을 마신다.
베키는 통화 중이다.
응답하지

않는다.

옷장 안 당신을 보네.
어둠 속 당신을 보네.
죽은 당신을 보네.
산타 모니카 고속도로
픽업트럭 뒷자리
당신을
보네.

비가 올 때는
뭐니 뭐니 해도
새벽
1시 반
농가를 향해
빗속을 걸을 때가
최고.
위층 창문에는
외로운 등불
하나.
불빛이 꺼지고
개가 우짖네.

꿈의 해몽은
꿈꾼 본인이
제일 잘하지.

달팽이가 기어 집으로 가네.
담요 밑 발가락은
세상에서 가장
신비한
풍경.

언 나무
불.

내 손은 내 손.
내 손은 네 손.

서글픈
과감한 일격.

투르게네프[5]
투르게네프

구름이 나를 향해
걸어오네.

비둘기가 내 이름을
말하네.

1 잉글랜드 남부의 도시. 인근 솔즈베리 대평원에 스톤헨지 유적이 있다.
2 1941년 레닌그라드가 나치에 포위된 사건을 모티브로 작곡한
쇼스타코비치의 7번 교향곡 「레닌그라드」.
3 마르쿠스 아우렐리우스, 전쟁터에서 「명상록」을 저술한 고대 로마 황제.
4 마르쿠스 포시우스. 기원전 234-149. 로마의 정치가, 연설가, 작가. 그리스
문화의 유입을 막으려는 개혁을 시도했다.
5 이반 투르게네프, 1818-1883, 아름다운 문장으로 유명한 러시아의 시인,
소설가.

코르사주

내 생애 암흑기라면 중학생 때라고 봐야지.
내 친구 테디는 이런저런 댄스파티에
다니기 시작했고
그 얘기를 시시콜콜 들려주었다.
테디의 아버지는 그럴 때 쓰라고
자동차를
내주었다.

녀석은 새 손목시계도 차고 다녔다.
아직 대공황 시절이라
손목시계는
몇몇 놈들만
있었다.

테디는 자꾸 손목을 들어 올려
시계를
보았다.
10분
간격으로
서너 번씩.

"대체 왜 그리

시계를 보냐?
너 어디
가?"

"그럴지도 몰라서……"

"그럼 가 보든가……"

"그 애가 문간에서 내게
키스했어. 아직도 걔 입술이
느껴져!"

"누구 입술?"

"애너벨. 댄스파티 후
집 문간에서 걔가 내게
키스했어!"

"야, 테디,
공터 가서 야구나
하자."

"걔 생각이 떠나질 않아.
입술이 보드랍고
따뜻하더라……"

"참 나, 야,
누가 알고 싶대?"

"그 애에게 댄스파티 때 쓰라고
코르사주를 사줬는데, 걔 정말
아름답더라……"

"고추는 안
넣었냐?"

"뭐? 야, 이건
사랑이야!"

"원래 그러는 거야,
다른 놈이 선수 치기 전에
해."

"경고하는데, 그런 식으로

말하지 마!"

"덤벼, 테디,
너 따윈 한주먹감도 안 돼."

녀석이 손목시계를 보았다.
"나 가야 해……"

"가서 딸 치게,
테디?"

"너나 해!
여자도 없는
주제에!"

"있는지 없는지 네가
어떻게 알아?"

"네가 가진 게
손모가지 하나밖에
더 있냐."

"나 손 두 개야, 테디."

나는 녀석의 셔츠를 움켜쥐고
녀석을 바짝
끌어당겼다.

"엉덩이를 걷어차 주지,
아주 대차게.
재밌잖아."

"여친 없어서
성질 부리는 거
다 알아!"

나는 녀석을 놓아주었다.

"꺼져, 자식아……"

테디는 돌아서서
나갔다.

그날은 녀석을 순순히

봐주었지만
다음에는 손을 봐주었다
머리부터
발끝까지.

때는 1935년.
나는 부모님 집 뒷마당에
서 있었다.
토요일
오후였다.
아버지는 집 안에서
라디오를 듣고 있었다.
트로전과 노트르담이
시합 중이었다.
어머니는 집 안에서
뭔가를 하면서
빈둥거렸다.

나는 뒷문을 통해 안으로
들어갔다.
어머니가 부엌에
있었다.

"헨리, 테디가 어디
가던데
참
근사하더라."

"네……"

"테디가 잘 차려입고
댄스파티에
가더구나.
참
근사하던데!"

"네……"

"헨리, 넌 언제 예쁜 여자애를
데리고 댄스파티에
갈 거니?"

"여자랑 춤은 침대에서만
춰요!"

"엄마에게 그따위로
말하지 말아라!"

아버지였다.
아버지가 거기 서 있었다.
중간 휴식 시간임이
분명했다.

"상관 말아요." 나는
말했다.

"상관할 거야, 상관할 거야,
그러니까 다시는 그따위로
말하지 마!"

"그래요, 아버지?
그럼 그러든가요, 상관해 봐요
어디!"

아버지는 거기 서 있었고
나도 거기 서 있었다.

아무 일도 없었다.

"됐다." 아버지가 소리쳤다.
"네 방으로 가!
당장!"

나는 아버지를 지나
집 안을 통과해 문밖으로
나갔다.

거리를 걸어갔다.
돈 한 푼 없었고 갈 데도
없었다.
그저 계속
걸었다.

뜨거운 여름이었다.
나는 계속 걸었다
세 구역, 네 구역, 다섯
구역……

그때 똥개 한 마리가
반대 방향으로
지나갔다.

털은 꾀죄죄했고
혀는 입 밖으로
축 늘어져 있었다.

나는 멈춰 서서 돌아선 뒤
발발 사라지는 녀석을
바라보다
반대 방향을 향해
내 갈 길을
갔다.

클래식 음악과 나

계기는 모르겠다.
꼬마 때는 클래식 음악이란 계집애나
듣는 것으로 생각했고 십 대 때는 더 그렇게
생각했으니.

그래, 발단은 그 음반
가게일 것이다.
가게 부스 안에서
뭔가
듣고 있을 때
옆 부스에서 음악 소리가
들려왔다.
아주 이상하고 비범한
소리였다.
나는 남자가 옆 부스에서 나와
점원에게 음반을 반납하는 걸 보고
점원에게 가서 그 음반을 달라
했다.
그녀에게 음반을 받아
음반 재킷을 보았다.

"뭐야." 나는 말했다. "이거

교향곡이네."

"맞아요." 점원이 말했다.

나는 내 부스로 그 음반을 가져가
틀었다.

그런 음악은
처음이었다.
안타깝게도 그것이
어떤 작품이었는지
기억나지
않는다.

나는 그 음반을 샀다.
당시 내 방에 전축이
있었다.
나는 그것을 듣고
또
들었다.

코가 꿴 것처럼.

얼마 후 나는 중고 음반 가게를
발견했다.
거기서는 음반 세 개를
주면 두 개를
살 수 있었다.

거의 무일푼이었지만
있는 돈을 대부분
와인과 클래식 음악에
썼다.
그 둘과 함께하면
좋았다.

나는 그 중고 음반 가게를
샅샅이
훑었다.

내 취향은 별스러웠다.
베토벤을 좋아했지만
브람스와 차이콥스키를
더 좋아했다.

보로딘은 별로였다.
쇼팽은 어쩌다 한 번
좋았다.
모차르트는
기분이 좋을 때만
좋았는데
기분이 좋을 때가
좀체 없었다.
스메타나는
뻔했고 시벨리우스는
근사했다.
아이브스[1]는 너무 자위적이었다.
골드마크[2]는 너무
과소평가된 듯했다.
바그너는 포효하는 기적
음산한 에너지였다.
하이든은 소리로 풀어낸
사랑이었다.
헨델의 작품은 머리를
천장까지
들어 올린다.
에릭 코테스[3]는 대단히

귀엽고 탄탄했다.
그리고 바흐는
오래오래 들으면
다른 건 들을 생각이
나지 않았다.
그 외에도 수십 명이
더 있다……

이 도시 저 도시
전전하는 처지에
전축과 음반을
끌고 다니는 게
불가능해서
라디오를 듣기
시작했고 이후
가능한 것들을 골라
들었다.

라디오의 문제는
대표 작품 몇몇을
반복해서
틀어 주는

것이었다.
워낙 자주 듣다 보니
다음 작품이 무엇인지
짐작할
정도였다.
하지만 좋은 점은
때때로
들은 적 없는 작곡가의
새 작품을
틀어 주는 것이었다.
금시초문인 작곡가들의
경이롭고 감동적인
작품들이
그토록 많다는
사실이
놀라울 따름이었다.
두 번 다시 듣지 못할
작품들이었다.

벌써 수십 년째
라디오로 클래식 음악을
듣고 있다.

이 글을 쓰는 지금도
말러의 9번이 흐른다.
말러는 언제 들어도
좋다.
아무리
듣고
또 들어도
질리지
않는다.

이런 여자 저런 여자
이런 직업 저런 직업
힘든 시절 좋은 시절
산전수전 다 겪고
병원을 들락거리며
사랑의 부침을 헤쳐
세월의 변덕을 거쳐
여기까지 오는 동안
숱한 밤
거의 매일 밤
라디오에서
흐르는

클래식 음악을
들었다.
그 부스에서 처음 들었던
그 작품의 이름이 기억난다면
얼마나 좋을까마는
그것은 나를 떠나갔다.
묘하게도 지휘자는
기억이 난다.
유진 오르먼디.[4]
최고 중
최고.

지금 말러는 내 방에
나와 함께 있다.
전율이 팔을 따라
질주해 목덜미에
도달했다……
어쩜 이리
훌륭할까
훌륭하다!
나는 음표는
읽지 못해도

세상의 한자리를
얻었다.
세상 어느 자리와도
같지 않은 자리.

덕분에
살맛이 났고
여기까지
올 수
있었다.

---

1 찰스 아이브스. 1874-1954. 복잡한 리듬과 불협화음으로 세기 전환기 종교
노래와 민요적 정감을 표현한 미국의 급진적 작곡가. 1951년 번스타인에 의해
「교향곡 3번」이 초연되었다.
2 카를 골드마크. 1830-1915. 브람스와 같은 시대 작곡가로서 독일 낭만파
음악의 대표적 인물이다.
3 에릭 코테스. 1886-1957. 영국의 경음악 작곡가.
4 필라델피아 관현악단의 상임 지휘자를 지낸 미국 지휘자.

교통수단

나는 평생
추레한 떠돌이로 살았다.
이 도시에서 저 도시로 가려면
버스를 타던 시절
동쪽에서 서쪽으로
서쪽에서 동쪽으로 달리며
그랜드캐니언을 몇 번이나
보았던가.
먼지 낀 창문
뒷목은 당기고
형편없는 식당에 들르면
만성 변비 우울증이
도지고는
했다.
인연은 고사하고
기껏 시시껄렁한
로맨스 한 번.

그러다 기차를
타게 됐다.
음식은 훌륭했고
휴게실은

근사했다.
주로 주류 칸에서
시간을 보냈다.
그중 화려한
칸도 있었다.
둥그렇게 휘어진
전망창
커다란
돔 천장
햇살이 유리창으로
내리쬐었고
밤에는
코가 비뚤어지게
취해
나란히 달리는
별들과
달을
바라볼 수
있었다.
무엇보다 거기는
공간이 넉넉해
사람들이 불가피하게

말을 걸어오지
않았다.

기차 여행을 끝내고
비행기를 타게
됐다.
다른 도시에 다녀오는 일이
빨라졌다.
나는 대다수 사람들과
다를 바 없었다.
서류 가방을 들고
종이에 글을
썼다.
부산을 떨었다.
부산을 떨고
여승무원에게
술을 재촉했다.
음식과 풍경은 형편
없었다.
말을 거는 사람들이
많았지만
그걸 차단하는

방법이
있었다.
비행기의 가장 큰 단점은
공항에서 나를 기다리는 사람들이
있다는 것이다.
짐은 문제가 아니다.
기내용 가방에
갈아입을 속옷, 양말
셔츠 하나, 칫솔, 면도기
술이면 족하다.

비행기 여행은 저물었다.
사람들은 도시에 머물며
고약한 여자들과 살림을
차리고 고물 자동차를
연이어 구매했다.
여자보다 자동차가
차라리 더
나았다.
헐값으로 자동차를
구매해
제멋대로 몰고

다녔다.
오일을 갈 필요도
없었다. 그래도 잘만
굴러갔다.
저번에는 스프링이
부서지고
이번에는 그것이 좌석 밖으로
튀어나와 엉덩이를 찔렀다.
후진 기어가 안 되는 것도
있었다.
나는 그것이 좋았다.
왕이 외통수에 걸리지 않게
애쓰는
체스 게임을 하는 것
같아서.
언덕에 주차하면
말썽을 부리기도
했다.
대차게 팡팡 두들기지 않으면
라이트가 꺼지곤
했다.

물론 녀석들은 모두
사망했다.
폐차장으로 끌려가는 모습을
지켜볼 수밖에 없을 땐
참으로 가슴이
찢어졌다.

한번은 음주 운전 혐의로
차를 압류당한 적이
있었다.
날아온 압류 청구서를 보니
차 값의 네 배나
되어
그냥 차를
포기했다.

최고의 차는 첫 번째 아내가
이혼할 때 준
차였다.
놈은 두 살
우리의 결혼 기간과 같았다.

하지만 마지막(현재의) 차는
최고 중의 최고, 현금 3만 달러를 준
새 차다.(내 손으로 수표를
썼다.)
모든 걸 갖춘 놈이다. 에어백
안티록 브레이크 등등.

게다가 1년에 두세 번
사람들이 리무진을 보내 주어서
우리는 다양한 행사에
다닐 수 있다.
참으로 친절한 배려다.
덕분에 주정뱅이로 유치장에 끌려갈
걱정 없이 술을 실컷 퍼마실 수
있으니.

전용 비행기, 전용 보트는
사양하려
한다.
관리비와 유지 공간 때문에
똥바가지를 쓸 수도
있기 때문이다.

하지만 내 귀띔 하나 하지.
얼마 전
밤에
꿈을 꾸었는데
나는
날 수 있었다.
그냥 팔다리를 퍼덕거리니
공중을
날 수 있었다.
정말 날았다.
사람들은 죄다
땅바닥에서
팔을 올려
나를 아래로
끌어내리려
했지만
그러지
못했다.

그들에게 오줌을 갈기고
싶었다.

그들은 샘이 나
안달을 했다.

기껏해야
내가 한 일을 조금씩
느릿느릿
따라 할
뿐이었다.

그런 사람들은
성공을
나무처럼 자라는 것으로
생각한다.

당신과 나, 우리는
그보다는
똑똑해야 한다.

배신감

꽤 젊은 시절
토머스 울프[1]의
「때와 흐름에 관하여」[2]를 읽고
큰 전율을
느꼈다.
참으로 두껍고 신기한
책!
그것을 읽고 또
읽었다.

20년이 흐른
후
그 책을 다시
읽었을 때

그 시적인 문장에 즉시
거부감이 들었다.
그 책을 내려놓고
방을
둘러보았다.

속은 기분이었다.

그 전율은 어디로 갔을까.

나는 도시를 떠나기로 했다.

나는 로스앤젤레스에 있었다.

이틀 후 나는 그레이하운드
버스에 앉아
마이애미로 향했다.

한쪽 주머니에 1파인트짜리
위스키를
다른 주머니에
「아버지와 아들」[3]
보급판을
가지고.

---

1 토머스 울프. 1900-1938. 시정이 넘치는 독특한 문체로 유명한 미국의 소설가.
2 한 뉴욕대학교 교수가 유럽 여행 중 정신적으로 방황한 이야기를 그린
자전적 소설.
3 이상적 자유주의자인 아버지 세대와 혁명주의자인 아들 세대 간의 갈등을
그린 이반 투르게네프의 소설.

전소(全燒)

최악의 상황은 새벽 2시
술집들이 문을 닫고
여자와 있을 때였다.
두어 시간 눈을 붙이러
집으로 갔지만
우체국 짐꾼이라
아침 5시 30분에
잡지 상자 바깥
작은 바위에
다른 짐꾼들과
나란히 앉아
대기해야
했다.

상자를 나르라는 지시가
빗발쳤다.
일은 15분에서 20분쯤 늦게
시작되었다.
땀이 비 오듯
얼굴로 쏟아져
겨드랑이에
모였다.

어지럽고 메스껍도록
상자를 들었다가
아래로 내려
트럭에 싣도록
쌓았다.

정신을 바짝 차리고
일을 했다.
속에서 힘을
끌어내
내던지고 싸웠다.
그동안
마지막 분
마지막 초가
달려
왔다.

그러고는
그 사람들, 그 개들과
같은 동선의 작업을
하거나
새 동선에서 뱅글뱅글

돌았다.
용을 써
다리를 움직이고
용을 써
걸음을 뗄 때
태양은 짐꾼을
산 채로 구웠다.
아직 첫 판에서
씨름 중인데
앞으로 예닐곱 번은
더 해야
했다.
점심 먹을 짬도 없고
5분이라도 늦으면
잔소리를
들어야 했는데
잔소리를 자주
듣다 보면
그대로
쫓겨나고
말았다.

그것은 생활이었다.
여정의 끝을 향해 달려가는
치명적인
생활.
불려 들어가면 영락없이
야간 작업
골병 드는 일을
맡으라는 말을
듣기
일쑤였다.
그게 아니면
차를 몰고
그곳을 빠져나와
집에 가 보면
여자는 이미
취해 있고
개수대에는 설거지가
산더미
개는 배가 고파 난리
꽃은 물을 안 줘 시들었고
정리 안 된 침대
재떨이에는

비벼 끈
립스틱 묻은
꽁초가
수북했다.

욕조에 들어가
맥주 한잔해도
더 이상 젊지
않았다.
한낱
미물이었다.
그저 쇠잔한
빈털터리.
옆방에서는
여자가
혀 짧은 소리로
헛소리를 지껄이며
싸구려 와인을
잔에
따랐다.

여자를 쫓아내야지

매번 마음먹고
그러려고
나서 봐도
우체국과 여자 사이에
붙들린
포로 신세.
죽음의
책동.
양쪽에서 숨통을
옥죄었다.

"후, 자기야, 제발
제발 좀 잠시라도
닥쳐……"

"아, 저 등신!
거기서 뭐 해,
혼자
딸쳐?"

욕조에서 와락
뛰쳐나가는 순간

그날의 어처구니없는 일들
그 삶을 향해
분노가 폭발하며
모든 걸 산산조각 낸다.

혹사당한 벌거숭이 몸뚱이와
마음이
포효하는 로켓처럼
욕조를 뛰쳐나간다.

"망할 창녀 같으니.
네가 아는 게 대체
뭐냐?
궁둥짝 깔고 앉아
와인이나 빠는
주제에!"

방 안으로 달려들어
둘러보는데
벽이 빙빙 돌고
온 세상이 기우뚱
달려든다.

"때리지 마! 때리지
마!
나 때릴 거면
남자도
때리든가!"

"아니, 남자는
안 때려, 내가
미쳤냐?"

여자의 술병을
빼앗으려다
술을 절반은
흘리고
새 병을 찾아
뚜껑을 따고
큰 물잔에 한가득
따르고
잔을 벽에
내던져
그것을

그렇게
보라색 영광으로
터뜨린다.

새 잔을 가지고
앉아 한가득
따른다.

그때쯤 여자는
조용하다.
그렇게 우리는
한 시간가량
술을 마신다.

그러고는 옷을
입는다.
담배가 덜렁거리고
기분이 좀
나아지는 중이다.
문
쪽으로
움직인다.

"야! 대체 어디
가?"

"씨펄 바에 간다
왜!"

"나 놔두고 못 가!
나 놔두고 못 가, 새끼야!"

"그러면, 엉덩이에
시동 걸어!"

함께 걸어 거기로 간다.
늘 앉는 스툴을 찾는다.
긴 거울 앞에 앉는다.
항상 쳐다보기 싫은
거울이다.

바텐더에게 말한다.
"보드카 7."

여자에게 주문하라고 시킨다.
"스카치, 물 타서."

이제 모든 것은
멀리 있다.

우체국도 세상도
과거도.
미래도.

술이 나오고
어두운 바에서
첫 모금.

더 바랄 게
없었다.

한마디

오든[1]이 있었지. 그를 처음 읽었을 때
살던 작은 방은 기억나지
않아.
스펜더[2]가 있었지. 역시 어느 작은
방이었는지 기억나지
않아.
에즈라도 있었어. 그때 살던 방은
기억이 나.
찢어진 가림막 사이로
들어오던 파리들.
로스앤젤레스.
그 여자가 말했지.
"맙소사, 그 「캔토스」
또 읽네!"
그래도 e.e. 커밍스는 좋아하더군.
정말 훌륭한 작가라고
말이야.
옳은 말씀.

투르게네프는 언제 읽었는지 기억해.
주정뱅이 유치장에서 막
나와 혼자

살 때였어.
참 교묘하고 웃기는
개새끼라는 생각이
들더군.

헤밍웨이는 어디를 가나 읽었어.
가끔 몇 번씩 반복해서.
그를 읽으면 용기가 나고
강인해졌지.
그러던 어느 날
별안간 그것이
멈추더니
짜증만
났어.

제퍼스[3]를 읽은 것은
로스앤젤레스의 어떤 방에 살면서
어떤 일을 하던 때
예전 여자와 다시 만나던 때였지.
여자가 말했어.
"와, 아니 어떻게 이런
쓰레기를 읽어?"

그녀가 떠난 뒤 어느 날
침대 밑에 잡지들이
수두룩하지 뭐야.
꺼내 보니
살인 이야기
천지인 데다
고문, 살해, 시신 훼손을
당하는
여자들에 관한
이야기와
난잡한
흑백사진들
뿐이었어.
내 취향은
아니었지.

헨리 밀러는
애리조나를 통과하는 버스 안에서
보급판으로
처음 만났어.
현실에 매달리는 점에선
훌륭했지만

철학적으로 나갈 때는
뜬구름 잡는 소리라
지나가는 풍경처럼
건조하고 따분했지.
나는 그를
휴게소 햄버거 가게 안 남자 변소에
두고 왔어.

셀린의 여행기[4]를 만났을 땐
침대에 누워 크래커를 먹으며
단번에 읽어 치웠지.
읽고, 크래커를 먹고
읽고 읽고
와하하 웃고
생각했어. 마침내 나보다
잘 쓰는 남자를 만났구나
싶었어.
다 읽고 나서 물을 많이
들이켰어.
크래커가 배 속에서
부풀어 올라
내 평생 최악의

염병할 복통이
나를
덮쳤지.

그때는 첫 번째 아내와
살 때였고
아내는 로스앤젤레스 경찰국에
근무했어.
아내가 들어와
웅크리고 신음하는
나를 발견했어.

"어머, 왜 그래?"

"방금 세계 최고의
글을
읽었어!"

"당신이 최고라며."

"난 2등이야, 자기……"

「지하 생활자의 수기」는
엘패소의 작은 도서관에서
읽었는데
간밤에
모래 폭풍이 들이닥친
공원 벤치에서
자고 온
후였지.
그것을
읽고 나니
작가로서 갈 길이
아직 멀었다는 생각이
들더군.

T. S. 엘리엇은 어디서
읽었는지 모르겠네.
그는 작은 주름을 남겼고
얼마 후 그것은
말끔히 펴졌어.

많은 방, 많은 책이
있었지.

D. H. 로런스, 고리키,
헉슬리, 셔우드 앤더슨[5]
싱클레어 루이스[6]
제임스 서버,[7] 더스패서스[8]
등등.
카프카.
쇼펜하우어, 니체
라블레.[9]
함순.

새파랗게 젊었을 때
물류사 직원으로 일하고
밤에는 술집에
있다
셋방으로 돌아와
침대에 누워
그 책들을
읽었어.
침대에 서너 권
끼고 있다가(남자 중의
남자!) 잠이
들고는 했지.

집주인 여자가 결국
한마디하더군.
"그렇게 침대에서 책을 읽으니
한 시간마다 책이
바닥에 떨어지잖아요.
댁 때문에 사람들이
자꾸 깬다고요!"

(나는 3층에 살았다.)

낮이나 밤이나 그런
식이었어.

이제는 아무것도 읽을 수가 없네
신문조차.
텔레비전도 볼 수가
없어, 권투 경기만
봐.
고속도로를 달리다
교통신호를
기다릴 때

차 라디오에서 흐르는
뉴스를 듣곤
해.

알다시피 나는
애서가로 살지 않았다면
누군가를 죽이고
말았을 거야
나 자신을
죽였거나.
공장장이
되었거나.
덕분에 대부분의 남자들은
결코 함께 살 수 없는
여자들을
견뎌 낼 수
있었어.
그 책들은 내게 공간을
한숨 돌릴 여유를 준 거야.

이 글을 쓸 수 있게
도와준 거야.

(이 방에서도 그랬고
다른 방에서도 그랬듯)

늘상 벌어지는
우리의 본질에 어긋난
어처구니없는
일들에
한바탕
웃고 싶은
젊은이들을 위해
한마디해
봤어.

---

1 위스턴 오든. 1907-1973. 주로 단음절로 된 표현으로 조롱이 강한 개성적
스타일의 시를 쓴 미국의 시인.
2 스티븐 스펜더. 1909-1995. 사회적 양심과 현대 지식인의 갈등을 묘사한
시를 쓴 영국의 시인.
3 존 로빈슨 제퍼스. 1887-1962. 「비극 너머의 탑」 등 서사시로 유명한
미국의 시인.
4 루이 페르디낭 셀린의 대표작 「밤의 끝으로의 여행」.
5 셔우드 앤더슨. 1876-1941. 모더니즘의 선구자로 평가받는 미국 단편
소설가. 금욕주의에 반대하여 인간의 육체적인 면에 초점을 맞추었다.
대표작으로 「와인즈버그, 오하이오」가 있다.

6 싱클레어 루이스. 1885-1951. 물질적, 정신적으로 규격화된 미국의 삶을
사실적으로 풍자한 소설가. 1920년 노벨문학상을 수상하였다.
7 제임스 서버. 1894-1961. 기계 문명 속에 처한 개인의 공포와 고독을 그린
미국의 만가화 겸 유머 작가.
8 더스패서스, 1896-1970, 전쟁의 참상을 적나라하게 그려 파장을 일으킨
미국의 소설가.
9 프랑수아 라블레. 1483-1553, 프랑스 르네상스기 최대 걸작 「가르강튀아와
팡타그뤼엘 이야기」를 쓴 프랑스의 작가이자 의사.

눈 속의 달을 쏘다

거기는 침실은 따로 없고
조리기와 침대만 있는
작은 방이었다.
의자 둘, 침대 하나, 개수대.
복도의 전화기.
당시 나는 호텔 2층에 살면서
일을 했고
저녁 6시 30분쯤 들어왔다가
8시쯤 나가고는 했다.
방에는 늘 네다섯 명이
있었는데
죄다 술꾼이라
죄다 와인을 들이켰다.
가끔 예닐곱 명으로
늘어나기도 했는데
대부분 침대에
걸터앉아 있었다.
그래, 라디오가 하나 있었다.
우리는 라디오를 틀어 놓고
술을 마시고
이야기를 했다.

이상하게도
분위기는 늘
들떠 있었다.
몇몇은 웃음을 터뜨렸고
가끔은 심각한 말다툼이
벌어졌다. 아무것도
아닌
일로.

우리는 조용히 하라는 요구를
받지 않았다.
매니저는 우리를
귀찮게 하지도
경찰에 신고하지도
않았다.
한두 번 예외가
있었지만
물리적
충돌은
없었다.
나는 새벽 3시면
어김없이

파장을 선언했다.

"에이, 왜 이래 행크!"
이제 막
시작인데!"

"자, 자
모두
나가!"

한두 번
예외가
있었지만
나는 항상
여자 없이
잠을 잤다.

우리는
그곳을
지옥 호텔이라
불렀다.

나는
우리가 무얼
하려는 건지
알 수 없었다.

그저
살아 있음을
축하했던 것
같다.

밤이면 밤마다
밤이면
밤마다
연기와 음악
목소리가 가득하던
그 작은
방.

가난뱅이 미치광이
길을 잃은 놈.

우리는

비뚤어진 우리의 영혼으로
호텔 방을 밝혔고
그 방도 우리를
사랑해 주었다.

니르바나[1]

캄캄한 앞날
젊은 나이
아무런 목적
없이
그는 버스를 타고
어딘가를 향해
노스캐롤라이나를
달렸다.
눈이 오기 시작했다.
버스는
언덕의 작은 카페 앞에
멈추었고
승객들은 카페 안으로
들어갔다.

그는 다른 사람들과
긴 탁자에 앉았다.
그는 주문을 했고
음식이 나왔다.
식사는
꽤
훌륭했고

커피도
좋았다.

거기 웨이트리스는
그가 아는
여자들과
달랐다.
꾸밈이 없고
자연스러운
유머를
구사했다.
프라이쿡이
미친 소리를 해 대자
설거지 담당이
뒤쪽에서
맑고
유쾌한
너털웃음을
터뜨렸다.

청년은 창문을
관통하는 눈을

바라보았다.

영영 그 카페에
머물고
싶었다.

호기심이
그의 마음을
유영했다.
거기는
모든
것이
아름다웠고
항상
아름다울
것
같았다.

그때 버스 기사가
승객들에게
출발 시간임을
알렸다.

청년은
생각했다. 그냥 여기
앉아 있자, 그냥 여기
머물자.

하지만 그는 일어나
다른 사람들을 따라
버스에
탔다.

그는 자기 자리로 가
버스 차창 너머
카페를
바라보았다.

버스는 출발했고
커브를 틀어
언덕 아래로
내려갔다.

청년은

앞을 똑바로
응시했다.
다른 승객들의
이야기
소리가
들려왔다.
그들은
대화하거나
책을 읽거나
잠을
청했다.

그들은
마법을
눈치채지
못했다.

청년은
머리를 한쪽에
기대고
눈을
감고는

자는 척을
했다.
달리
할 일이
없었다.
엔진 소리나
눈을 밟는
바퀴 소리에
귀를
기울일
수밖에.

---

1 모든 번뇌에서 벗어나 진리를 깨닫고 불생불멸의 법을 체득한 경지.

초대

헤이, 치나스키.
나 할리우드 영화 제작자인데
요즘 영화를 한 편 만드는 중이라
선생이 출연하면 어떨까 해서요.
알코올중독인 사탄이
잠시 지옥을 떠나
할리우드에서 휴가를 보낸다는 게
이 영화의 줄거리예요.
사탄은 술과 계집, 모험에
질리지 않는 익살스러운 사내죠.
사탄은 할리우드에 있는 동안
옛 친구들(유령들) 리처드 버튼,[1] 에롤 플린[2]
이디 아민[3] (아직 생존)을 찾아가요.
이 남자들은 하나같이 인사불성이 되어
먼저 뻗는 바람에
그는 자신과 대적이 가능한 술 상대를
찾게 되죠.(당신)
방금 한 장면이 머릿속에 떠올랐어요
당신이 허름한 술집에 둘러앉아 사탄과
러시안룰렛을 하는 겁니다, 덩치가 크고
뚱뚱한 계집 둘이 살라미 소시지로 서로를
찰싹찰싹 때리고 있고.

이 장면에서 다 같이 **고주망태**가 되는 걸로
합시다.
그나저나 출연료는
못 드립니다, 술과 모험만
제공할게요.
　　하지만
장담은 못 해도 언젠가는
개봉하게 될 테니, 내 기꺼이
계약서에 로열티를 책정해
주리다. (선생이
관심만 있다면.)
그리고 글에 **크누트 함순**을
언급해 준 거 고마워요.
그는 내가 좋아하는
작가예요.
내키지 않을 땐
고주망태가 되는 것
잊지 말고요!

---

1 리처드 버튼(1925~1984), 아카데미상 후보에 일곱 번이나 오른 영국 출신 배우.
2 에롤 플린(1909~1959), 호감형의 익살스러운 영웅 역할로 유명했던 미국의 배우.
3 이디 아민(1925년경~2003), '아프리카의 학살자'로 불린 우간다의 전 대통령.

타순

헤밍웨이는 슬럼프라
이제 커브볼은
못 치니
6번 자리에
앉혀야겠어.
셀린은 클린업[1] 자리에
놓을래
기복이 있긴 해도
잘할 땐 그만한 선수도
없지.
함순은 3번에
기용해야지
자주 장타를
날리니까.
선두 타자, 음, 선두 타자는
e.e. 커밍스로 해야지
빠른 데다 번트를 댈 수
있으니까.
파운드는 2번 자리가
좋겠어, 에즈라는
히트앤런[2]
작전에

뛰어나잖아.
5번 자리는
도스토예프스키에게.
그는 장타자이고 주루 플레이도
능하지.
7번 자리는 로빈슨 제퍼스에게
줄래, 더 적합한 사람이
있을까?
그는 암반도 100미터는
뚫을 수 있어.
8번이면서 포수는
J. D. 샐린저에게 맡길래.
그에게 연락이 닿는다면
말이지.
그리고 투수는?
니체 어떨까?
그는 강하지!
훈련실 탁자란 탁자는
죄다
부술 만큼.

코치단은?

키르케고르와
사르트르로 해야지.
음산한 친구들이지만
이들보다 더 이 게임을
잘 아는 적임자는 없어.

우리가 이 팀을 내보내면
게임 끝이라네
이 양반들아.

아주 박살을 낼 텐데
대부분 상대는
당신이겠지.

---

1 야구에서 장타를 쳐서 주자를 모두 불러들이는 일. 보통 3번, 4번, 5번
타자를 클린업 트리오로 부른다.
2 주자를 진루시키기 위해 주자는 뛰고 타자는 때리는 야구의 작전.

열린 캔버스

오늘 밤에는 라디오로 오르간 음악을
듣고 있다.
작은 발코니 문을
열어 놓고.
11시 7분, 추운 밤
라디오 소리
오르간 음악 외에는
고요하다.
건반 앞에 있는
호리하고 홀쭉한 남자가
눈앞에 떠오르는군.
창백한 남자
분필처럼
새하얀 남자.
음악은 어둠 속에서
끓어오르고
그를 둘러싼 벽들은
맨벽에 차갑고
투박하고
무심하다.

그의 오른편에는 손대지 않은

가득 채운 와인 잔이
거칠한 수제 테이블 위에
놓여
있다.

음악이 그의 뼛속을
파고들고
세월이 굽이쳐
퍼져 나갈 때
그의 뒤로
보이지 않는 어둠의 개가
반원을 그리며
걸어가다
누런 속에
녹아든다.

남자의 연주는
계속된다.
세상은 상냥하게
거꾸로 뒤집히지만
벽과 남자와
소리는 여전히

계속된다.

그러다 세상은 원래 길로
돌아간다.

한 조성(調聲)은 다른 조성을
낳고
구슬을 꿴 검은 줄들의
소리.
하나가
아닌 하나의
소리.

음악이
멈추고

남자는 앉아 있다.

아무 생각 없이.

오르간 건반은 끝이
없다.

그를 둘러싼 벽이
눈이 따라가지 못할 만큼
빠르게 떠나갔다
되돌아
온다.

남자는 헛기침을 하고
왼편을 쳐다보고
내려다보고
건반을 건드리고
다시
빠져든다.

장미 그늘 아래

새 길을 찾아보고
한 길만 파 보고
지옥행 계단을 걷고
소실점을 다시 설정하고
다른 방망이를 써 보고
다른 자세를 취해 보고
식단과 걸음걸이를 바꾸고
시스템을 조정하고
한물간 꿈에 매달리고
기계를 우아하고 신중히
몰고
꽃이 건네는 말을
알아듣고
거북이의 큰 고통을
이해했다면
그대
인디언처럼 비를 내려 달라
기도하고
자동 권총에 새 탄창을
끼우고
불을 끈 후 한번
기다려 보시게.

망할 놈의 예술을 한탄시고
배를 곯을 때는
지옥은 닫힌 문이다
가끔 문 열쇠 구멍으로
그 너머가 얼핏 보이는
— 찰스 부코스키, 「지옥은 닫힌 문이다」에서

부코스키는 하나의 현상이다

황소연

미국의 시인이자 평론가였던 케네스 렉스로스(Kenneth Rexroth)는 "내가 만난 최악의 인간들 중 95퍼센트가 시인들"이라고 말했다.

> 아무도 관심 없는 모호한 말들을 조몰락거리며 배열하느라 종일 고개를 숙이고 앉아 골머리를 앓는 게 시인들이다…… 자기가 남들보다 낫다는 증거를 찾기 위해 자기 글을 읽고 또 읽지만 운이 좋아 근거를 찾는다 해도 사나운 평론과 지독한 독설이 기다리고 있다는 걸 잘 알고 있다.

대체 시인들은 어떤 사람들인가? 부코스키는 어떤 시인이었을까? 다른 시인과 어떻게 달랐을까? 우선 외모로 보면 부코스키는 꽤나 못생긴 축에 들었다. 동시대 시인 해럴드 노스(Harold Norse)는 부코스키의 생김새를 이렇게 평가했다.

> 부코스키는 기형이었다. 구부정한 등, 일그러지고 얽은 얼굴, 니코틴에 찌든 누런 치아, 고통이 가득한 초록빛 눈. 그는 갈색의 머리카락이 커다란 두개골에 눌어붙고 골반이 어깨보다 넓은 가분수였다. 손은 기괴하게 작고 보드라웠고, 맥주배가 벨트 위로 출렁거렸다. 하얀 셔츠와 헐렁한 바지, 잘 맞지 않는 재킷을 걸친 그는 교도소에서 막 출소한 전과자, 밑바닥 인생처럼 보였다.

하지만 그의 못난 외모는 그가 유명해지는 데 아무런 장애가 되지 않았고, 유명해진 이후 그의 매력을 반감시키지도 못했다. 그만큼 부코스키의 시는 강력했고 동시대 어떤 시와도 달랐다. 전 세계 독자들은 쉽고 재미나고 진솔한 시, 실제 삶이 충실히 반영된 시, 주변에서 흔히 볼 수 있는 거친 밑바닥 인생이 녹아 있는 그의 시에 열광했다.

부코스키와 동시대를 산 미국의 시인들은 거의 모두가 전형적이었다. 남자 시인들은 여자처럼 성깔을 부렸고, 여자 시인들은 '너드(nerd)'에 팜파탈이었다. 고교 시절에는 자기들끼리 데이트를 했고 이후 쭉 그들만의 세상에서 살았다. 반면 부코스키는 떠돌이로, 일용직 노동자로, 우체국 직원으로, 술꾼으로 살아온 자신의 삶을, 실제로 '체험'하고 '아는' 것을 시로, 소설로 썼다. 그의 작품에는 슬랩스틱 코미디도 있었고 블랙유머도 있었다. 그가 창조한 허구는 현실과 흡사했다.

그의 시는 종류는 다양하지만 결국 입가에 웃음을 끌어낸다는 공통점을 지닌다. 난해하고 모호하며 지루한 시들 틈에서 그의 시는 돋보일 수밖에 없었다. 부코스키 본인도 자신의 시가 가진 이런 장점을 잘 알고 있었고 동떨어진 세상에 자기들끼리 모여 사는 시인들을 경멸했다.

부코스키의 팬이라면 한 번쯤 궁금해하는 것이 있다. 부코스키의 시는 그의 생애와 똑같은가? 얼마나 닮았을까? 그의 시와 소설은 그가 만들어 낸 허구다. 허구인 만큼 그의 삶과 완전히 같지는 않지만 그가 살면서 겪고 듣고 본 것들을 토대로 재구성된 것이다. 그래서 단단한 기반 위에 세워진 집처럼 견고하다. 찰스 부코스키와 치나스키(작품 속 작가의 분신)는 쌍둥이처럼 닮았으나 별개의 개체로 봐야 한다.

해럴드 노스는 오후 5시를 기점으로 완전히 다른 두 명의 부코스키가 존재한다고 말했다.

5시가 되기 전 그는 수치와 죄책감에 젖은 숫기 없는 양이었지만, 5시 이후 그의 목소리는 모욕과 비난의 어조를 띠었다. 그의 목적은 다른 사람을 짓뭉개는 것이었다…… 그는 주의를 끌기 위해 허풍과 허세, 장광설을 멈추지 않았다. 경쟁심과 오만한 마초 기질이 보기에 불편했다…… 그의 눈에는 시기와 질투가 넘쳐흘렀다.

인간 부코스키는 겸손과는 거리가 멀고 경쟁심이 강한 남자였다. 다만 자신의 욕망을 고상하게 포장하지 않고 실생활에서, 그리고 글에서 그대로 드러낸 것이 다른 작가들과 다른 점이었다. 유명해진 이후 시인은 여자들을 갈아치웠다. 여자들이 줄줄이 따르니 마다할 이유가 없었다. 유명해지기 전 일개 노동자일 때는 변변한 여자는 그림의 떡이고 기껏해야 매춘부나 술집에서 만나는 일회성 만남이 전부였다. 그러다 작가로서 조금씩 이름이 알려지고 나서야 결혼도 하고 괜찮은 여자도 만나기 시작했다. 본격적으로 유명세를 타면서 그간 여자 없이 산 세월에 분풀이를 하듯 여자들을 갈아치우고 동네가 떠나가도록 그녀들과 싸워 댔다. 또 지인들에게 무례하게 굴어서 유치장 신세를 졌다. 하지만 그는 개의치 않았다. 그리고 그런 삶의 추레한 면면들을 세련되고 유쾌한 언어로 시와 소설에 옮겼다.

말년으로 갈수록 그의 시는 삶과 더욱 닮아 갔다. 초기 시에는 은유에 기댄 흔적이 있으나 말년으로 갈수록 기호와 다름없거나 문맥이 끊기고 뒤섞이는 경우가 많아졌다. 젊은 혈기가 끌어내는 허세도 사라졌고 익살마저 희미해졌다. 주로 살아온 세월에 대한 소회, 늙는다는 것, 죽음과 벗하며 살아가는 심경을 덤덤하게 털어놓았다.

아무렴
언젠가 꼭 보여줄 거야
플라스틱 헬멧에 긴 양말
이중 렌즈 고글 차림의 나를.
도로용 자전거를 타고
산책로를 달리는 나를.
낯빛은 멜론처럼
상기되고
배낭 안에는
가장 아끼는 책 한 권
간 소시지 샌드위치
빨간
사과가
들어 있겠지.

한쪽으론
바다가
부서질 테고
나는 맹렬히
질주해.
충실한 삶을 산 남자
감성을 조금씩
뛰어넘어
살아온 남자.
귓가를 덮은
무성한 머리카락
면도를 게을리한
얼굴.
그때 내 입술은

처녀에게
키스할 수
없겠지.
짠 공기를 들이킬 때
몇 시인지
헷갈리겠지만
거기가
어딘지는
또렷이
알 거야.

　　　　　　　　　　　　——「대질주」에서

　시인은 언젠가는 자전거를 타고 나는 듯 달리겠다고 다짐한다.
다시 오지 않을 젊음에 대한 아쉬움도 엿보이고, 이제껏 용케
살아냈다는 대견함(자살 충동에 굴복하지 않고), 앞날에 대한
희망이 깃들어 있다. 노인의 패기와 부코스키 특유의 유쾌함도
아직 살아 있다. 초기 작품과 후기, 특히 말년의 작품 사이에는
차이가 있으나 세상에 대한 연민, 정직한 시선, 삶의 사소한
면까지 똑바로 응시하려는 담대함은 여전하다.
　문학계에서 부코스키는 잭 케루악, 헌터 톰슨과 더불어 당대
3대 롤모델이었다. 하지만 출신 배경, 글, 삶, 태도는 동시대 어느
사조, 어느 문인과도 같지 않았다. 그는 하나의 현상이었고,
그것은 지금도 마찬가지다. 초기 작품을 좋아하든 후기 작품을
좋아하든 부코스키의 팬이라면 부코스키처럼(멋대로) 살고 싶은
욕망을 마음 한편에 갖고 있기 마련이지만, 그것을 실행하기란
불가능에 가깝다. 아니, 비슷하게 흉내 내는 것만도 쉽지 않을
것이다. (부코스키는 술에 취해 난동을 부리다 체포되어 유치장
신세를 졌고, 바텐더와 주먹다짐을 벌였으며, 뚱뚱한 매춘부와
드잡이를 했다. 숱하게 허드렛일을 했고, 내출혈로 쓰러지기도

했다. 유명해진 뒤에도 기행은 계속되었다.)

세상에 부코스키는 부코스키 하나뿐이다. 물론 부코스키처럼 살 수야 있겠지만, 그처럼 살면서 그처럼 글을 쓰는 것은 다른 문제이기 때문이다. 부코스키가 누차 말한 것처럼 대부분의 작가들은 지루한 삶을 살면서 지루한 글을 써 댔지만, 부코스키는 그렇게 살지도 않았고, 그런 글을 쓰지도 않았다. 부코스키답게 살면서 부코스키다운 글을 쓰다 떠나갔다.

세계시인선 49   창작 수업

1판 1쇄 펴냄 2019년 2월 22일
1판 3쇄 펴냄 2023년 3월 24일

지은이   찰스 부코스키
옮긴이   황소연
발행인   박근섭, 박상준
펴낸곳   (주)민음사

출판등록   1966. 5. 19. (제16-490호)
주소   서울시 강남구 도산대로1길 62
           강남출판문화센터 5층 (06027)
대표전화   02-515-2000 팩시밀리 02-515-2007

www.minumsa.com

한국어 판 ⓒ (주)민음사, 2019. Printed in Seoul, Korea

ISBN 978-89-374-7549-8 (04800)
      978-89-374-7500-9 (세트)